「お互い譲り合いは無
だって友達だもん！
だからね、剛——
これからもよろし
「よろしく
じゃんっ!!」

「と、藤堂、だ、大丈夫？
なんかすごく楽になったじゃん」
田中 波留
剛のバイト先の同僚で、
特別クラスのクラスメイト。
面倒見が良くて
明るい少女。

「はい、剛はすっごく変わったんですよ！
……でも、大事な幼馴染って事は変わらないです」
「きょ、今日は昨日のお礼をしにきたのよ。
……手作りクッキーよ、食べるといいわ」
西園寺 希
特別クラスに所属する
アイドルの少女。
高飛車な性格だが、
実は健気な
苦労人。
花園 華
剛の幼馴染。
剛に「リセット」されて
しまったが、友達として
一からやり直し中。

「バカッ！　心配かけるんじゃないわよ！
あんたが、あんたが、あんたが……
壊れるかと……」

幼馴染に陰で都合の良い男呼ばわりされた俺は、好意をリセットして普通に青春を送りたい 2

野良うさぎ

HJ文庫
1156

口絵・本文イラスト　Re岳

CONTENTS

My childhood friend called me a man of convenience behind my back, I want to reset my favor and live a normal youth.

＊＊＊

知らないおばさんが俺の前に立っている。感覚でわかる、俺はこの人には敵わない。

「さあ面談しましょうか？　あなたの名前は？」

「俺は藤堂剛」

「なんでここに来たかわかるかしら？」

「俺は両親に売られた」

「そうね、感情を消しちゃう子供が気持ち悪くてあなたは虐待されていたわね」

「そんなもの『リセット』したからもうわからない」

「その力はリセットっていうのね。……それはね、とても素晴らしい力なの。あなたは私達が運営している小学校へ入学してもらうわ。同じような子供たちもいるけど、あなたはもっとも特別な存在よ」

「……貴様の名前は？」

「私？　私はエリ。この研究所の一番えらい人よ。ふふ、それにしても幼稚園卒業したばかりとは思えない言動ね」

「そんな事はどうでもいい」

何か大切な事を忘れてしまった。ぼんやりと女の子の姿が脳裏に浮かぶ。俺はそれを振り払ってエリの手を掴んだ。それが俺の人生の始まりであった。

＊＊＊

俺、藤堂剛は忘れている記憶が沢山ある。

両親の記憶はほとんど残っていない。写真で見たことがあるだけだ。小学校の頃の記憶は特に歯抜けの部分が多い。何度も何度もリセットした。感情をうまくコントロールできなかったは俺は記憶ごと消してしまう時もあったのだろう。

とても大切な何かがあったはずだ。それなのに忘れている。

記憶を失くすという事は人格が変わるようなものだ。それでも、俺の中の心の奥底に忘れた記憶があるのを感じる。それはまだ記憶が生きている証拠だ。

「よーっす！　藤堂、今日から特別クラスだね。この前案内してあげたよね？　忘れちゃったかな？　まいっか、一緒に行こ!!」

特別クラス校舎の前で佇む俺に声をかけてきた田中。胸が跳ね上がるのを抑えた。

バイト先の先輩で彼女とは良好な人間関係を築けた。再構築した情報が頭に浮かぶ。俺にとっては二週間前に初めて出会った少女。名前も忘れてしまったはずなのに彼女の事を考えると心に突き刺さるような痛みを感じる。俺が俺を否定している。

俺は田中との記憶を全て消してしまった。

そして、その時唯一残っていた思い出『田中への好意』もリセットしてしまった。だから彼女に何の感情も抱かないはずなのに……。

俺に笑みを見せる田中。まただ、胸が跳ね上がり体温が上昇する。呼吸の乱れもみられる。尋常じゃない速度で心臓が鼓動している。

田中は俺が好意をリセットした影響で変な関係になったと思っている。

田中に気づかせては駄目だ。俺が記憶を失くしたと知れば田中は悲しむ。ならば俺の中で新たな関係を再構築すれば問題ない。

……本当にそれでいいのか？　また選択肢を間違えていないのか？　彼女が向けている

笑顔は昔の俺に対してだ。今の俺ではない……。

痛みが更にひどくなる。苦しい顔なんてこの子には見せられない。

「少し緊張していただけだ。田中、一緒に行こう」

「りょーかい！　へへ、早速教室行くじゃん」

田中は妙に嬉しそうな顔であった。不思議に思う。俺は不器用で人付き合いが苦手で、人から嫌われやすい性格をしている。なのにあの日、田中は俺とお出かけをしてくれた。

「ん？　どったの？　変な顔してるじゃん」

「い、いや、なんでもない。その、田中は俺がリセットした事を理解しているんだな？」

「うん、寂しいけどちゃんとわかってるよ！　へへ、また一から友達になればいいじゃん！」

まるで太陽みたいな表情だ。俺には眩しすぎる。過去の俺はどんな返事をしたのだろうか？　今となっては全然わからない。

「ああ、善処しよう……、いや違う、友達になってくれ」

「へへ、うん!!　あっ、そっちじゃないじゃん。教室はこっちだよ！」

俺の制服を掴む田中、俺との距離はまるで花園と歩く時の距離感の近さであった。

俺は恥ずかしくて少しだけ距離を取ったのであった。何故恥ずかしいと思う？　意味がわからない……、いや、意味をわかろうとする努力をしていないんだ。

全ての感情には意味がある。

「むぅ……」

田中のこぼれた吐息とともに服を掴む感触が消えた。少しだけ寂しく、そして罪悪感を覚えた。

罪悪感？　後悔？　俺の胸の中にある何かが蠢く。今回のリセットは何かが違う。完全にリセットしきれていない何かが残っている。

感情を忘れても記憶を無くしても、俺はこの子を悲しませたくない、泣かせたくない、そう思えている。ありえない事であった。なぜならリセットは全ての感情を消してしまう。なのに湧き上がる『激情』に驚きを覚える。自分の中のもう一人の自分が暴れているみたいだ。

あの日のリセットを境に俺は確実に変わってしまった。

『前に進め』

先を歩く田中の背中。手を伸ばしても届かない。後悔が心に染み渡る——

だが、いつかまた——きっとその手を届かせる。その魂に刻まれている何かを俺は知っている。

俺はもう二度とこの子たちを傷つけたりしない。
激情が俺の心を燃え上げた——

第一章

my childhood friend called me a man of convenience behind my back, i want to reset my favor and live a normal youth.

第一話　藤堂剛の激情

泣き崩れていた少女はいつしか立ち上がる。ショッピングセンター近くのベンチ。田中という女の子が袖で涙を拭う。

「藤堂ごめん私、先に帰るね」

田中は先に帰ってしまった。状況が不安定な今はそれが最適解だろう。俺も正直限界であった。身体が壊れそうなほど痛くて、心が押しつぶされそうであった。

田中は何故か泣きながら帰っていったのだ。俺には涙の理由がわからない。だが、泣いている彼女を見ているとおかしな気分になる。リセットしたはずなのに胸が痛い。

どうでもいいはずなのに、一人で帰らせたくなかった。

「これは一体何故だ？　リセットが不完全だったのか？」

高速思考は使えない。脳が焼き付く感覚だからだ。ゆっくりとした思考で考えてもまとまらない。

朦朧とする意識の中、一人でベンチに座っていると誰かが近づいてきた。全身の毛穴が総毛立つ。動けない身体が臨戦態勢に入る。

一人の大人の女性と……一匹の犬。俺は、そいつらを知っている。

「あら、あなたがそんな状態になるのは卒業式以来ね。困った子ね。……リセットちゃんとできたの？」

「……エリ、なぜ貴様がここに？」

「私はいつだってあなたを見てるわよ。田中さん、とっても良い子ね。才能もあるしスカウトしたいくらいだわ」

寒気が身体を包み込む。身体と心に染み込まれた恐怖と忠誠心。俺はそれに何度も抗おうとした。今、眼の前にいる女はあの小学校の大人『エリ』だ。本名は知らない。みんなが彼女をエリと呼んでいる。

エリには『絶対』逆らえない。それが俺たちの世界の常識であり、日常であった。植え付けられた認識はリセットしても記憶を消しても変わらない。

俺は一人ではなかった。数人の生徒と交流があったはずだ。記憶が歯抜けで覚えていないが、確信がある。

俺と同じような力を持つ子供たちが集まる場所。

『藤堂』という名前はあの小学校で特別な意味を持つ。

そして、俺だけが先天的に『リセット』を使える人間であった。

あそこにいる全ての生徒にとって、エリに反抗するという事は人生を放棄する意味がある。

エリを前にすると、俺が普通じゃない人間だと改めて理解する。

リセットをしすぎた俺の頭は何かが欠落している。疑問が湧き上がってはすぐに消えてしまう。疑問を疑問として抱けない。

呪縛と言ってもいいのだろうか？　心に縛られた鎖の存在がはっきりとわかる。科学的な呪いのように魂に刻みつけられているのだろう。

それでも――、俺は田中に誓ったんだ。『リセットから始まる青春』。思い出を忘れても記憶を消したとしても好意をなくしたとしても――魂に刻みつけた想いは決して消えない。

俺は普通の青春をする。だから――

「やめろ、俺の友達に手を出すな」

心が沸き立つ。田中は今の俺にとって知らない女の子。だが、彼女に手を出すヤツは誰であろうと許さない。それがたとえ『エリ』であろうと――

エリに向ける初めての反抗心。その瞬間、心臓が掴まれたような苦痛に襲われる。感覚を遮断する余裕などない。いや、遮断する必要はない。痛みは生きている証だ。苦痛など我慢してしまえばいい。だが、これは……死に至る程の苦痛だ。

「あら、すごいわね。私に一瞬でも反抗するなんて。苦しいんじゃないの？　あなたは彼女の記憶を消しちゃったのよ。ふふ、無駄な事は忘れて構わないわ。この実験であなたの脳がそれで成長するなら」

エリの隣にいる犬が俺を見つめていた。ぼんやりと覚えている。小学校で俺に初めてできた友達。少し道場に似ている犬。一緒に過ごした思い出。記憶はある。だが、愛情が感じられない。

　俺はベンチから立ち上がった。

「あら、立ち上がれるの？」

「依頼でないなら消えてくれ。今はエリの顔を見たくない」

「つれないわね。……この薬を飲んだら少しは楽になるわよ。さあ飲みなさい」

エリがポケットから薬の瓶を取り出した。あの薬を知っている。俺がリセットをした後、

　何度も飲んだ薬だ。

精神安定剤と聞いているが、実際は違うだろう。俺の勘が告げている。あれは飲んでい

いものではない。

「必要ない」

「駄目よ、大人しくベンチに座って飲んで頂戴ね」

背中から湧き上がる強烈な気配。誰かが俺を後ろから拘束しようとしている。身体が無意識に動く。加減などできない身体状況。俺は後方の空間に向かって裏拳を放った。

裏拳は空を切る。

「……危ないぞ藤堂。俺じゃなかったら死んでいたぞ」

長髪の男が立っていた。俺の拳がかすめたのか、頬から血が伝っていた。

俺は、この男を見たことがある。俺のアパートにおいてある写真立て。花園と写っている写真の下に一枚の写真を隠してある。

その写真には小学校の頃の俺と……知らない人間たちが写っていた。その写真を見ているとおかしな感情に襲われるから隠しているのだ。捨てる事も考えたが、いつも手が止まってしまう。

小学校は俺以外にも児童がいた事は知っている。俺はずっと独りぼっちだと思っていたが『認識』しようとしていなかっただけだ。

眼の前の長髪の男は写真の中に存在していた。実在の人物であったのだな。明らかに常人とは異なる気配。隙を見せたらこちらがやられる。

「喧嘩はやめて頂戴。島藤は私の護衛をしているだけよ」

島藤と呼ばれた男はそれっきり黙ってしまった。視線は俺の動きに注視している。俺が本気にならないと確実に仕留められない。先程の拳を躱した動きで身体能力を計算できる。懐には何か武器なようなものを忍ばせている。ならば、先にこいつを制圧して――

「わんっ！　はぁはぁ!!」

犬が俺の足にじゃれついていた。俺はどんな反応をしていいかわからなくて戸惑ってしまった。

恐る恐る犬の頭に手を乗せる。犬は嬉しそうに尻尾を振っていた。

……思考が安定する。この場は俺が望んだ世界ではない。暴力では解決にならない。俺は中学の頃に散々学んだではないか。

「エリ、すまない。その薬は本当にいらない。……今のままでいたいんだ」

エリは何も言わない。ただ薄い笑みを浮かべて俺を見つめていた。

「そう、あなたが成長するならそれでいいわ。島藤、行くわよ」

「了解であります。……藤堂、また会おう」

エリと犬と島藤は俺の下から立ち去っていった。

俺は息を吐いて再びベンチに腰を下ろす。

「……俺は普通の青春が本当に送れるのか？　記憶を失くしてしまうポンコツな男で感情もリセットしてしまう。人の心もわからない。人間として欠陥品ではないのか」

今まで記憶の中にある全ての思い出を反芻する。失敗ばかりの人生であった。自虐というものは好きではない。だが、俺は中学の頃から異物であった。友達は花園しかいない。クラスメイトからは疎まれていた。

「全部リセットしたら楽になるだろうな」

誰かの気配を感じた。この匂いは知っている。

「バカ、駄目に決まってるっしょ」

「姫？」

なぜ姫がここにいる？　確かにショッピングセンターで出会ったような気がする。……詳細が思い出せない。認識が上手くいかない。田中という女の子の記憶を消した弊害だ。

「……あーしは知っているよ。藤堂は前と比べ物にならないくらい成長してるって。だから落ち込まないで」

「なぜ姫にそれがわかる。俺にはわからない事を」

「だってあーしが実際に見てきたもん。藤堂は中学の頃から知ってるんだよ」

「中学の時の俺か……。あれはひどいものであった。しかし高校になっても俺は変わっていない」

「ううん、違うっしょ」

　否定のその言葉に何かの感情が込められているとわかる。しかし、俺にはわからない。姫と俺はただの同級生だ。それもつい最近まで『認識』できなかった。全く赤の他人だと思っていた。

「君は花園とは違う。いつも一緒にいたわけじゃない。それなのになぜわかるんだ」

「あちゃー、やっぱそこで花園が出てくるんだ。あはは、マジで負けちゃうよね。……あんたは忘れてるけどあーしが知ってる。それでいいじゃん、ね」

「姫？」

「あー、もう、姫っていうのやめてよ。あーしは平塚（ひらつか）すみれ。すみれって呼んでよ」

「う、うむ、平塚。君は俺の何を知ってる」

「ちょ、なんで名字なのよ」

「いや、名前は……恥ずかしいではないか」

一瞬の沈黙。

姫……平塚は声を立てて笑っていた。

「あははっ、藤堂、本当に面白い男ね。ってか、あーしが通ってる学校ってあんたのところから結構近いんだよ。ねえ、今度新宿で遊ぼうよ」

「い、いや、知らない女子と出かけるのは……」

「はぁ？　知らなくないでしょ!!　べ、別にデートしてって言ってるわけじゃないでしょ！」

「中学の時は平塚から嫌われていたような気がする」

「あ、あれは……、その、ごめん。えっと、そろそろあーし帰るね。もう動けるでしょ？」

俺は身体の状態を確認する。痛みは大分ひいている。すでに動ける程度には回復しているだろう。内臓の痛みも出血も錯覚に近いもので実際は身体的な損傷をしているわけではない。脳がそう認識しただけだ。だがその痛みは本物だ。常人なら死んでもおかしくない痛みだ。

リセットの限界を越えた事よりもエリに逆らおうとした時の影響の方がひどい。

立ち去ろうとした平塚は何かを思い出したかのように俺に言った。

「……たった一日だけでも、数時間でも、誰かをすっごく好きになる事があるんだよ」

「なんの事だ？」

「へへ、藤堂はきっと大丈夫っしょ！　だって大切な友達がいるじゃん！　花園とか田中さんとかさ！」

平塚は笑顔を向けてそのまま立ち去った。

俺は何のことか全くわからず混乱してしまう。なんにせよ、俺と平塚は中学の時のただの同級生でこの前久しぶりに再会しただけの関係だ。

平塚は誰かに恋をした事があるんだな。

……恋と好きの違いでさえ、俺にはわからない。人を好きになる。好意を抱く。消してしまうならそれにどんな意味があるのだろうか。

ただ、平塚が良い人という事だけは理解した。

「平塚、よくわからないがありがとう」

俺は平塚の背中に向かって声をかける。平塚は振り返らずそのまま去っていった。多分聞こえなかったのだろう。背中が少し震えていたけど気の所為だろう。

日常から逸脱しそうになった俺の心が普通になった気分だ。

俺はベンチから立ち上がり、感覚が無い片足を引きずりながら地下鉄へと向かうのであった。

震えるスマホ。

『返信しなさいよ、馬鹿!!』

花園からのメッセージ。いつものキツイ言葉遣いなのに安心している自分がいた。

──問題は山積みだ。まずは田中という女子の記憶を補完しなければならない。

あの子はきっと優しすぎるんだ。

悲しませてはいけない、そのことだけは身体が覚えている。

記憶を失くした事はバレてはいけない。人から忘れられるのはとても寂しい事だ。やはり胸がズキンと痛む。これは一体何なのだ？

花園にもこの事は相談してはいけない。……きっと花園も悲しむ。

自分の行動を書き記したノートが家にある。それを見て情報を揃えて田中との関係を把握するのだ。

これは、俺一人の責任だ。しかし、俺は花園になんと返信すればいい？

歩きながらスマホを見つめる。時間だけが過ぎていく。適切な言葉が浮かばなくて焦ってしまう。

電車に乗っても思い浮かばない。駅に着いても、アパートの前に着いても……、あっ──

「あんた遅いわよ！　てか、なんで返信しないのよ、バカ！」

俺はいくら考えても返信できなかったのに、言葉が勝手にこぼれ落ちた。

「――花園、ただいま……。無性に花園に会いたかった」

「へ？　ちょ、あ、あんた何があったのよ!?　……ねえ、泣いてるの？」

俺は花園の肩を掴む。別に泣いてなどいない。これは疲れたから汗が出ただけだ。

そう言いたいのに言葉が出てこない。

「……普通とは難しいものだな」

花園は何も言わずに俺の背中をポンポンと叩いてくれた。

その時激しい後悔が襲いかかる。俺は――花園と築き上げた関係をリセットしてしまったのだ。取り返しのつかない行為。

俺ははっきりと今ここで自分の異常性を理解した。

なぜだか俺の汗の勢いが激しくなったような気がした。

――そして、俺は小学校を卒業して、花園との再会を思い出した。

＊＊＊

何もないアパートの部屋には写真立てだけが置いてあった。

小学校を卒業した俺は荷物を下ろしてこれからの事を考える。

卒業前後の記憶があやふやだ。だが、何か大きな事件があったような気がする。

今までで最大のリセットを使用した感覚が残っている。

胸にぽっかりと空いている喪失感。大切な何かを失った。記憶を失くしたはずなのに消えて無くならない場面がある。

気がついたら全身血だらけで動かない『誰か（女の子）』を抱きしめていたんだ。

俺は叫んでいた。何故叫んでいたかわからない。リセットしてもリセットしても胸の痛みが消えなかったんだ。

何度も何度も何度もリセットして、俺は自分を壊す選択肢を取ったんだ。だから俺は壊れた人間になってしまったんだ。

『リセットしたのに何故あの場面だけが記憶から消えない？　どうでもいい事だ。「認識」をしなければ問題ない。今は現状の把握が最優先だ。まずは――』

エリの指示で俺は家に帰る事になった。

家があった場所はアパートになっていた。俺を売った両親はどこにもいない。エリから聞いた話では破産して夜逃げをしてどこか遠くに行ってしまったとの事だ。何も興味が湧かない。

とにかく、そこに住むようにエリから言われた。エリの言う事は絶対だ。彼女の言う事だけを聞いていれば安泰な暮らしができる。これから普通の中学に通い普通の生活をしなくてはならない。

普通という意味がわからなかった。俺の常識はあの小学校だけであったから。

何もないアパートの一室。これから一人で生活するための日用品を買う必要がある。……そんな事は教わった覚えがない。だが、これはサバイバルの一種であろう。ならば教本を買ってその通りに生き抜けばいいだけの話だ。

その日から俺の日常生活が始まった。

自由というものがわからなかった。誰からも命令されることもない。嫌な事があったらリセットすればいい。

日常生活は俺にとって未知の体験であり、それは苦痛を伴うものであった。

お金の使い方がわからず店員さんに呆れられた。人と会話をする事がこんなにも難しいとは思わなかった。いつ誰かに襲われるか不安であった。

買い物帰りに知らない女の子に声をかけられた。誰かわからなかったけど、とても綺麗な女の子で懐かしさを覚えた。俺にとって非常に珍しい感覚だ。けれど彼女は怒っているように見えた。

　顔を真っ赤にして今にも俺に殴（なぐ）りかかりそうであった。

『あんたなんでいなくなったのよ……。マジでムカつく』

『すまない、君は誰だ？』

『は、はぁ？　あんたの幼馴染（おさななじみ）の花園華（はな）よ！　馬鹿にしてんの？』

　頭に「花園」という名前が思（おも）い浮かぶ。俺は彼女を知っている。

『……ああ、花園か。名前だけは覚えている……』

『てか、あんた怒ってんの？　なんでそんな顔してんのよ。私と再会して嬉しくないの？』

『いや、別に……』

『本当に何にも覚えてないんだ……。約束も……。私はやっと思い出せたのに……、このバカバカバカバカッ！』

　何故この子は悲しそうな顔をしているんだろう？　俺には理解できなかった。

　きっと幼稚園の頃、この子と何かあって記憶をリセットしてしまったのだろう。赤の他人としか思えなかった。だが、名前だけは覚えていた。それは俺にとって異常な事だ。

『あんたはどこの中学に入るの？』

『俺か？　俺は番町中学だ』

『あっそ、私と一緒ね。なら明日迎えに行くから待ってなさい！』

『い、いや、何故……』

花園はそれだけ言って立ち去ってしまった……。俺は戸惑うばかりだ。しかし隣人ではないか。隣人なら仲良くしなくてはならない。


次の日の朝、入学式というものに出るために俺はアパートを出た。

家の前には花園が立っていた。

『はっ？　あんたなんで私服なのよ!!　早く制服に着替えなさいよ』

『花園おはよう。……制服とは？』

『おはようじゃないわよ！　てか手ぶらじゃない……。指定のカバンはどうしたのよ』

『ふむ、俺は中学に通えとしか言われていない。制服とカバンが必要なのか？　困った。そんなものは受け取っていない』

『あわわっ……、ど、どうしよう』

『問題ない。小学校も私服であったから』

『ちょ、藤堂!!』

私服のまま入学式に出た俺は周りから白い目で見られた。先生方は俺を叱りつけたが、校長先生が周りを窘めて事なきを得た。どうやら校長先生だけは俺の事情を知っているようだ。

職員室で予備の制服を借りて、自分の教室へ向かう。ズボンの裾が足りていない。パッンパツンだ。

柄にもなく緊張していた。同世代の人間がこんなにも多い場所は初めてであった。

――友達、できるかな。

俺はずっと独りぼっちだった。だから友達というものができる期待があった。

教室の扉を開けると、生徒の人数の多さに頭がくらっとした。

ざわめきが聞こえる。

『あれって私服で来たやべえ奴じゃん』

『ていうか顔が超怖くね』

『暗いし不良っぽいし関わんないほうがいいよね』

窓際の席に花園がいた。同じクラスであった事に一安心した。

花園は何故か俺から目をそらし、顔を赤くしていた。その意味が俺にはわからなかった。

『藤堂君、とりあえずここの席に座ってね。先生、今から学校の説明をするから』

花園の方へ足を向けようとした俺は仕方なく廊下側の席に座る。

隣には坊主頭の男子生徒がいた。……一言挨拶をした方がいいのか？　うむ、何事も経験だ。挨拶をしよう。

『俺の名前は藤堂。よろしく』

『……』

男子生徒からは明確な返事がなかった。俺の言葉は伝わっているはずだ。彼から困惑と迷惑の空気感があった。

俺はこの時理由がよくわからなかった。

後々わかったことは……、彼は俺を厄介者だと思い無視をしたという事だ。

無視というものを初めて体験した俺は……、無性に悲しい気持ちになった。今まで感じたことのない質の悲しさと寂しさ。

沢山の生徒がいる中、俺は――また独りぼっちだった。

＊＊＊

どのくらい時間が経ったのであろうか？　思考は一瞬だ。ほんの数秒も経っていないだろう。中学時代から意識が現実に戻る。

……花園に甘えてばかりでは駄目だ。

「すまない、花園。俺は花園だけでなく田中も『リセット』してしまった」

「やっぱり……、何があったのよ。てか、あんた波留ちゃんの事好きだったでしょ⁉」

記憶を失くした事実は伏せる。悲しみの連鎖は生まない。罪悪感が俺の心臓を鷲掴みする。

「田中を悲しませないため、だ。……だが、これで本当に良かったのか？」

「よ、良くないに決まってるんでしょ！　……そんなの悲しいよ。波留ちゃんもあんたも」

俺の背中をポンポン叩いていた花園の手が止まる。そして背中にそっと触れる。

まるで抱きしめてくれているようだ。なんだろう、お母さんとの記憶はないのに、お母さんに抱きしめられている感覚だ。

「俺は昔から成長していない。やはり普通に生きることは難しいのだろうか」

「違うわよ‼」

花園の言葉は断定的で力強かった。

「あんたは昔と違う。全然違う。だから……リセットくらい乗り越えなさいよ。私だってできたんだから！　あんたの事、応援してるわよ。……今度、ちゃんと話してよね」

俺は小さく頷いた。声が上手く出せなかったからだ。

私だってリセットを乗り越えた？　疑問に思えた。そうか、リセットは他人を苦しめるからなのか。自分が傷つきたくないから自分を守るために、人を傷つけていたんだ。

その事実に気がついた俺は、目から汗が止まらなくなった。

胸が痛い。苦しい、罪悪感で壊れそうになる。リセットすれば楽になる。

だが、もう二度とリセットなどしない。これは人間として必要な苦しみなのだ。

「波留ちゃんは私と違っていい子なんだから絶対取り戻すのよ!!」

「……花園もとてもいい子だ」

「ば、バカ⁉　今は波留ちゃんの話してるのよ。……バカ、本当に、バカなんだから……」

花園が涙を流しながら再び俺の胸を叩く。痛くないのに、何故かすごく痛かった。

花園が俺の胸を叩く度に何かが壊れていくような感覚になる。リセットしたはずなのに
泣いている花園を見たくない。


――リセットを壊せ。

その声が聞こえた時、突然ガラスが割れたような音が聞こえた。俺の身体の内側からだ。

激痛とともに俺の心の中の何かが削り取られた。

同時に俺の中の何かの『スイッチ』が入る。感覚が切り替わる。

思考の記録の中には幼稚園の頃の俺と花園がいた。それは俺の知らない花園との記憶。

魂に刻みつけた感情――

激情が俺の心を食い破る。

俺は自分の『涙』を拭い、ハンカチを取り出して花園の涙を拭く。自分の中の何かが変質した。理論ではない。これは本能が告げている。

「……華ちゃん、リセットしてごめん」

「え……、と、剛？」

本能が勝手に言葉を紡ぐ。脳が戸惑い混乱状態となる。それでも――

俺は花園の背中にそっと手で触れる。強く抱きしめたい。そんな欲求にかられる自分に驚く。生理的な欲求は無縁であると思っていたからだ。

「ば、ばか！　いきなり華ちゃんって呼ばないでよ。恥ずかしいわよ！　げ、元気でたなら私は帰るわよ！」

花園は顔を真っ赤にして家に帰ってしまった……。

親しい男女が触れ合う事は恥ずかしい事なのだろうか？

……うむ、確かに恥ずかしいな。今までにない種類の恥ずかしい感覚だ。

俺は花園に感謝しつつアパートへと入るのであった。

アパートの写真立てを手に取る。

花園と俺が写っている写真を取り出すと、裏に隠してある写真が出てきた。

写真には俺と、二人の女の子と二人の男の子が写っている。

誰も見覚えがない。だが、俺はこいつらを知っている。感覚が覚えている。あの地獄のような小学校で一緒に過ごしたであろう存在。

覚えていないのは精神が未熟な俺のせいだ。

……俺はこいつらと……友達だったのだろうか？

写真に写っている長髪の男は島藤と呼ばれていた。あれは明らかに常人を越えていた。

特殊な訓練を受け続けているものの特徴だ。

俺のことを藤堂と呼んだ。俺を知っている感じであった。険しい声の中に何かを感じ取れた。親愛、驚き、懐かしさ……。

いつかまた出会うだろう。その時に聞けばいい。

だが、今の俺には非日常は必要ない。エリからの依頼も高一の時以来ない。それよりも日常を守ることが大事だ。田中との記憶を補完するのが先決だ。

キッチンに向かいコーヒーを淹れる。初めは苦くて全然美味しく感じられなかったのに、今はコーヒーの苦みが好きだ。

花園からもらったマグカップにコーヒーを注ぎ、ポメ吉を隣に座らせて俺はノートを見ながら田中という人物について考える。

「前に進むんだ。大切な人のために。前に進む、取り戻すために。前に進む、俺が変わるために――」

ただの独り言のはずなのに、その言葉が俺の胸に深く突き刺さった――

第二話　笹身と道場

今日も笹身美々は走る。

朝のランニングは一人っきり。寂しいなんて言ってられない。

しっかり柔軟をしてフォームを意識しながら軽く流す。徐々に速度を上げて息が苦しくなっても走り続ける。

苦しみなんて、先輩を傷つけた痛みに比べたら全然大丈夫——

後悔の苦しみの方がつらい。

フォームが乱れそうになると、先輩の顔を思い浮かべる。

私を全く見てなかった先輩——それでも先輩は私に優しい言葉をかけてくれた。

だから、先輩から教わった事だけは大切にする。

私、馬鹿だから走る事しか出来ない……。

走っている時は余計な事を考えないから好きだ。唯一先輩を身近に感じられる時間。

直近の小さな大会は優勝する事が出来た。……でも先輩には報告できなかった。

会いに行くのが怖い。先輩のあの目が怖い。

だから、心の中でしかお礼が言えない。

——先輩ありがとうございました。美々は……先輩のおかげで優勝することができました。


放課後の部室。大会が終わった後だから、今日の部活は軽いランニングと顧問の先生のミーティングだけ。今後の方針などを話して、すぐに終わった。

五十嵐先輩と佐々木先輩が楽しそうに談笑してる。……あの二人早く付き合えばいいのに。二人は本当に楽しそうに走ってる。私よりも遅いから二人を馬鹿にしてた。でも、間違えていたのは私の方だ。

陸上部で仲の良い友達はいない。だって、私は清水先輩に取り入って媚を売っていた気持ちの悪い女って陰口叩かれているのを知っている。

同学年からも、上級生からも嫌われてる。それでも……大会で優勝できればいいと思ってた。……正直大会で優勝しても嬉しくなかった。だって一番喜んで欲しい人に――伝えられない。

本当に苦しい。五十嵐先輩が私の視線に気がついて近づいて来た。すごく珍しい。

「おう、笹身、優勝おめでとう！　ははっ、最近すげえストイックじゃねえか？」

「あっ、はい。ありがとうございます……」

私はなんて話せばいいかわからなかった。だって、五十嵐先輩は私と先輩の事を知っているはずなのに。

「あん？　元気ねえな？　お前はもっと厚かましい感じが似合ってっぞ。ていうか、藤堂に報告したのか？」

　この人は何を言ってるっすか？　報告なんてできるわけ無いのに。

「……してないっす」

「バカチンが！　あいつ喜ぶと思うから報告しておけよ？　ていうか、あいつ特別クラスに移動したんだぜ？　すげえよな！」

　噂(うわさ)では聞いていた。先輩は絶対陸上の選手として特別クラスに移動になったと思った。だって、先輩……革靴(かわぐつ)で高校生レベルを超(こ)えていた。あれはオリンピック候補になってもおかしくない。

「か、考えておきます――」

　五十嵐先輩が笑いながらなにかを言おうとした時、清水先輩がやってきた。

「なんだ、笹身、落ちこぼれとは慣れ合うなよ？　笹身は俺(おれ)のおかげで優勝出来たんだ。五十嵐、お前は落ちこぼれと固まってろ」

「……はぁ～、清水、俺はお前と関わる気がねーよ。それじゃあな」

　五十嵐先輩は佐々木先輩の元へ戻って行った。

「笹身、優勝できたのはいいが何故(なぜ)俺の言うとおりの練習をしない？　アドバイスと違(ちが)うフォームで走ってるな？　どういう事だ？」

　清水先輩の練習は根性論(こんじょう)だけ。いつも言っている事が違った。

そんなアドバイスを聞いていたら……身体が壊れる。私が無言でいると、清水先輩は怒鳴り声を上げた。

「おい、笹身、聞いてるのか！　俺はお前のためを思って言ってるんだ‼　まったく、藤堂の魔の手から救ってあげた恩も忘れたのか？　あの気持ち悪い男はまた華さんに近づいて……俺が助けてあげなきゃ……」

今はそんな話はしてない……。

それに先輩は花園さんと友達。あの雰囲気を見てそんな言葉が言えるなんておかしい。

……でも……私だって、先輩の事をストーカー呼ばわりした……。自分の罪が私に重くのしかかる。

最低だ。清水先輩よりも私の方がひどい女。

だから――私は、走る事だけを考える。それだけが……唯一先輩に対する恩返し。

適当に清水先輩を持ち上げて、媚を売って、その場を収めることは簡単。

顔を赤らめた演技も、媚を売る演技ももういらない。したくない。

「清水先輩……足、怪我してますよ？　庇っているのがわかるっす。それに、藤堂先輩は気持ち悪くないっす。あれは全部私の嘘です。全部私が悪いっす……。だから藤堂先輩を悪く言わないで欲しいです」

あっ、今まで溜まっていた心の何かが出てしまった。

泣きたくないのに涙が出てくる。だって――清水先輩が藤堂先輩の事を悪く言うのが耐えられない。全部私のせい。

清水先輩の顔が真っ赤になった。怒りが膨れ上がる。

藤堂先輩の目に比べたら全然怖くない……。

清水先輩は私に向かって拳を振りあげようとしたけど、五十嵐先輩がそれを止めた。

「おい！　清水、それはやりすぎだろ!?　この馬鹿野郎！　頭冷やせや！」

「だ、黙れ！　離せ！　こ、こいつは俺を馬鹿にしたんだ！　エースである俺を、この俺様を馬鹿にしたんだ！　退部だっ、お、お前は退部だ！」

「馬鹿っ、おまえにはそんな権限ねえよ！　笹身は頑張ってるだろうが！　優勝できたのも努力してたからだろ？　お前も笹身が優勝した時一番喜んでいただろ!?　陰ですごく褒めてたじゃねえかよ、なんでみんな素直じゃねえんだよ！」

私はもういいかなって思った。陸上は好き。部活じゃなくても走る事は続けられる。もっと、もっと速くなって。

「あっ、大丈夫っす。私退部するっす」

簡単にその言葉が出た。

走るのはどこでもできる。市民大会だって一杯ある。

陸上部を辞めるのは私のけじめ。私が先に進むため一歩。贖罪にもならないけど、罪悪感も薄れないけど——必要な儀式。だって、私は藤堂先輩を裏切った。報いを受けないのはおかしい。

「おいっ、笹身っ！　お前辞めるなんて言うなよ」

「さ、笹身、今のはただの冗談だ。な、辞めなくていい。お前は俺の弟子だろ？　俺たちが頑張ったから陸上部が——」

清水先輩を見ると、嫌な気持ちになる。それは自分を見ている感じ。そっか、私と清水先輩は似ているんだ。私、自分が大嫌いなんだ。

変わりたい、本当に変わりたいんだよ……。

「清水先輩、お世話になりました！」

こみ上げてくる何かを抑えながら、私はペコリと頭を下げてその場を去ろうとした。

その時、グラウンドに静かなざわめきが起きた。

特別クラスのスポーツ枠選手の女の子と誰かが走っていた。

特別クラスの生徒は部活に所属していない。私達とは——あ、もう陸上部じゃないけど、別枠に存在している。

練習をする時は、グラウンドではなくスポーツセンターを使ったり、大学生やプロと交じって練習しているはずなのに。普通科の校舎のグラウンドを使うことなんて滅多に無い。

——藤堂先輩だ。

「おい、あいつ特別クラスの生徒だろ？　走り綺麗だな」

「横にいるやつだれだ？」

「制服でスニーカー……、素人にしちゃフォームがやべえな」

「流石だな。俺たちとは全然違えな。高校生レベル超えてんぞ」

「あれ？　おかしくない？　流してるレベル超えてるよね？」

「制服速え……」

先輩が走っている。それを見るだけで、私の心が……嬉しくなる……。

離れて見る事しか出来ないけど——胸がドキドキする、罪悪感も止まらない。

一緒にいた時の温かい思い出が脳裏から離れてくれない。

私にとってお兄ちゃんみたいな存在で、褒めてくれるだけで嬉しかった。家族のような親愛があったんだ。いま、それに気がついた。

気づきが私の胸を更に抉る――

それでも、先輩の綺麗なストライドを目に焼き付ける。美しい体幹を目に焼き付ける。

私はいてもたってもいられなかった。

「な、なんだあいつは……。くっ、それより笹身！　話は終わってないぞ！　待てっ！　待ってくれ⁉　お、俺が悪かった！　戻ってきてくれ‼」

私は走り出した。グラウンドにいる先輩には迷惑をかけられない。

荷物を持って、中庭を抜けて昇降口を抜けて――外へ飛び出して――

「はぁはぁはぁ……」

自分の感情が抑えられない。何をしていいかわからず走る事しかできない。部活をやめたらお母さんが悲しむ。私のために頑張って働いているお母さんに申し訳ない。

それでもこれ以上部活を続けるのは無理だった。

大丈夫、走る事はどこでもできる。それよりもバイトを増やしてお母さんに楽をしてもらおう。

どんなに悲しくても辛くても、お母さんの前では笑っていたい。

『優勝したの‼　うわぁー、美々はすごいね。私とは大違いよ。きっとすごい選手になれるわよ！』

お母さんは私が走っていると喜んでくれた。この学校に受かった時も喜んでくれた。

どんな時もお母さんは私の事を優先してくれた。

だから私はお母さんを喜ばせないといけない。苦労をかけたんだから恩返ししないといけない。頑張らないと私の存在価値がない。

今日はバイトの日だから廃棄弁当が食べられる。接客は嫌な事が多いけど、お金がもらえるって思えばどうってことない。

バイトが終わってもお母さんは帰ってこないから、お母さんのご飯の準備をして、掃除をして洗濯をして、お弁当の準備をして……、勉強もしないと進学校だからついていけなくなるし、部活の準備も……。

あっ、もう部活は無いんだ。

身体のバランスが崩れる——

足がもつれて転びそうになる。眼前にアスファルトが近づく。怪我をするとお母さんに心配される。怪我をしたくない。走れなくなる。

そんな思いとは裏腹に、怪我をして再起不能にならないと先輩に合わす顔がない。そんなことを思っている自分がいる。

「危ないぞ」

「へっ……？」

私は転ばなかった。誰かが私を支えてくれている。や……、ちょ、ありがたいけど、そ、そこは……。

「悪い、女人の身体を勝手に触ってしまった。……その、立てるか？」

「う、うん、べ、別にいいっす。た、立てるから離してもらえますか？」

「りょ、了解だ。俺は学校に行かなければ」

なんだか変な喋り方の男の人だった。長髪に隠れて顔が見えないけど、なんだか藤堂先輩に雰囲気が似ている。

男の人は動かなかった。私の身体の状態を確認するように見ている。そして私と目が合うと、何故か目を見開いた。

「な、なんと、可憐な……」

「あ、あの～、とにかく助けてくれてありがとうございます。私、行きますね」

「い、いや、待ってくれ。俺は島藤透だ。よ、よければ君の名前を教えてくれないか？」

「え、新手のナンパっすか？　ちょっと今はそういうのは勘弁っす。バイトに遅れるんで失礼します！」

「あっ」

私はまた走り出した。……変な人。でも下心は感じなかったな。まいっか、もう会わないと思うし。

＊＊＊

「うぅ……、べ、勉強ができないよ……」

まさかここまで自分の頭が悪いとは思わなかったよ。

自分は勉強ができると思っていた。テストの成績が上がって調子に乗っていた。

——全部藤堂のおかげだったんだ。

私は一人で下校しながら頭を抱えていた。

友達の誘いも断った。ていうか、友達も少なくなっちゃった。

今はそれでいい。藤堂と……いつかまた普通に話せるために、テストでトップを取る。

そう心に誓った。藤堂とまた向き合うためには自分に努力が必要だと思った。……ただの自己満足だってわかってる。だけど、それ以外どんな方法があるか私にはわからない。

藤堂と私の接点は勉強だけだった。花園との距離感が羨ましかった。……いじめられていた私には同級生と歪な距離感しか取れない。

「はぁ……でも、難しいよ」

心が折れそうだ。元々の成績が良くなかった私はいつも逃げに走る。ずるい性格だってわかっている。男子から遊びの誘いもあったけど……そんな気分じゃなかった。

泣いても、後悔しても、頭が良くなるわけじゃない。

藤堂はこんな私と向き合ってくれた。だから、私も頑張らなきゃ。

――うん、いきなりじゃ駄目ね。まずは勉強方法を思い出すのよ。私ならできる。藤堂は昼休みにテストに出そうな問題を教えてくれた。

私は何も考えずにそれを教わっていただけ……。勉強法を教わった事はない。

……でも、藤堂は丁寧に問題を解説してくれたよ。

藤堂は言っていた。問題の意味を理解する必要がある。ただ暗記するのではなく、物事の流れを理解することが大事――

なら私は基礎から覚え直そう。この学校は偏差値が高い。入試の頃はいじめっ子と離れたい一心で死ぬ気で勉強した。元々の地頭が良くなかったから入学したらすぐに勉強に追いつけなくなった。

うろ覚えなところや、すっ飛ばした所を完璧に理解しなきゃ。

うん、家に帰ったらまずはスマホを封印して――外部との接触を断って、勉強する習慣をつけよう。

藤堂の言葉を思い出す。

『またいつかカラオケに誘ってくれ』

罪悪感とともにやる気が湧いてきた。

「よしっ！　今日はお父さんのお店の肉じゃが食べて頑張ろっ！　――あれ？」

隣のベンチを見ると、うちの学校の女生徒が座っていた。ジャージ姿？

なんか見たことがある顔ね……。

私は女の子の顔を覗き込んだ。汗だくで……泣いてるの？　顔が腫れぼったいよ？

ハンカチ無いのかな？　うん、ちょっと待って――

私は女の子に話しかけた。

「――ねえ、君さ、ハンカチ使う？　あっ、無駄に元気な後輩だ」

「ありがとうござ――っす？　図書室のあざとい人っすね？」

私はこいつを知っている。陸上部の1年生で、藤堂の事を師匠って言っていたやつだ。

自分が可愛いと思っている子ね。藤堂が騙されないか心配だったけど――

「ほら、使いなさいよ」

「……意外と優しいっすね。噂と大違いっす」

私もそうだけど、この子も藤堂に冷たくあしらわれたって聞いた。中庭の件は結構みんな知ってる。私の件も後輩に知れ渡っているしね……。仕方ないよね……。

私達は同じベンチに座ってため息を同時に吐いた。

「「はぁ……」」

お互いの顔を見合わせる。

「……笹身美々っす。確か……道場先輩っすよね？　藤堂先輩から聞いたっす」

「ええ、笹身さんのことは藤堂から私も聞いてたよ。ねえ、あなたも馬鹿な事したんでしょ？」

「――そっすね……。死ぬほど後悔したっす……」

「ええ、そうよね。私と一緒ね……、あのさ、もしよかったら話さない？　私達がしでかした事を――」

私達はベンチでずっと喋り続けた。

話を聞いていると、ムカムカしてきたり、共感することがあったり、悲しくなったり……。

共通して言えるのが——半端じゃない後悔をしている事。

「そうっすか……、道場先輩は馬鹿だったんすね」

「はっ？　あんたも相当馬鹿よ？」

お互い理解している。自分たちが馬鹿だった事を。

「ねえ、あんたはこれから陸上部を辞めて……それでも走るの？」

「はい、私馬鹿っすから、速くなっていつか大きな大会で優勝して——藤堂先輩のおかげですっ！　ってテレビで言いたいっす」

「い、意外と大きな目標ね……。私も勉強頑張るよ——、うん、学年トップになって、私も藤堂のおかげだよって言いたいな」

「頑張るっすね」

「あ、あんた上から目線よね……。まあいいか、ねえ、いつか藤堂とちゃんと話せるようになりたいね」

「……はいっ、でも今は無理っす。迷惑かかるっす。だから……頑張るしかないっす」

「そうね。うーん、よしっ、あんたの連絡先教えなさいよ。大きな大会で優勝したらうちの店の肉じゃがおごってあげるよ？」

「あっ、和食っすか？　天ぷらが良いっす！」

「こ、こいつは……、ぷっ、ははっ……なんでおかしいのかな？」

「へへっ、確かになんかおかしいっすね……」

いつしか私達は笑っていた。言葉は汚いかも知れないけど、藤堂の事を本音で話し合える人は今まで誰もいなかった。私達は同じ罪悪感を抱えている——

そんな私達が話しているのがおかしいのかもね。

なんだかんだ言いながら私達は連絡先を交換した。

「道場先輩、必ず連絡するっす！　私——先輩と話せて良かったっす！　失礼っす！」

笹身は意外と礼儀正しくお辞儀をして走り去っていった。

走り去っていく後ろ姿に何故か勇気づけられた。

「よしっ、私も頑張ろっと！　ゲームもスマホも禁止！　笹身に負けないいんだから！」

なんだろう？　友達じゃないけど……仲間が出来た気分だよ。

世界が少しだけ広がった気分……。

私は頭を切り替えて——勉強の予定を立てながら歩き始めた——

第三話　藤堂剛と特別クラス

特別クラス、俺が今日から通い始める場所だ。

普通科の校舎から歩いて数分の離れた場所にあり、特殊な技能を持っている生徒たちが通っている。

正直、雰囲気的にはあの小学校に似ている部分がある。しかしここは現実離れしていない。日常と重なり合っている場所だ。

教室の作りは普通科と同じで、各学年、クラスに分かれている。と言っても普通科と数は全く違う。少数精鋭の生徒たちなのだろう。

「ここが新しい教室か」

「へへ、ようこそじゃん！　生徒も少ないから気兼ねなく過ごそうね！　あっ、藤堂はこの席だよ」

俺の席は田中の隣であった。田中は机を引っ張って俺の机と重ねる。やはり距離が近い。

田中は俺の席をバンバンと叩く。

「ほらほら、座って、ふふ、藤堂と同じクラスなのって不思議な感覚じゃん？　なんか楽しいよね？」

「む、そういうものか。いつも中庭で会っていたからそういう感覚は無かった」

「むぅ…女の子はそういうものじゃん！」

違和感はない。大丈夫だ。しかし、友達に隠し事をしていると思うと非常に心苦しい気分になる。あの日の後も俺と花園、田中の三人で中庭で昼食を食べる時が多かった。だから、今は記憶を偽るのも慣れてきた。

俺は自分の席に座り辺りを見回す。

固まって喋っている数人の生徒。自分の席でパソコンを開いている生徒。筋トレをしている生徒、寝ている生徒。みんな自由であるが普通のクラスとあまり変わりない。

「ところで、田中は何が得意で特別クラスに入ったんだ？」

「わ、私？　え、えっと……ちょっと恥ずかしいじゃん……」

「わかった、それ以上は聞かない。言いたくなったら言ってくれ」

「……うん。やっぱ、藤堂……ううん、大丈夫。私……頑張るじゃん！」

田中は何故か元気に返事をしてくれた。少しだけ違和感を覚える。

無理しているような雰囲気もあるが俺にはわからない。いや、わからないという言葉はもう使っては駄目だ。それはただの逃げだ。

わかる努力をすればいい。頭で考えるな。本能で考えろ——

今の反応が昔の俺と違っていたのだろう。俺は……この子が悲しむ顔を見たくない。

「その……いつか言ってくれたら嬉しい」

「あ……、うん、えへへ、また今度ね」

自分はどんな顔をしているのだろうか？　田中は怖がっていないだろうか？　田中の笑顔を見ていると俺の心が落ち着く……。昔もこんな感じであったのか？　お前はこんなに可愛い女の子といつも一緒にいたのか？　花園も非常に可愛い女の子だ。

「ところで田中、お願いがある」

「え、なに？　いきなり真剣な顔して驚くじゃん！」

「弟くんの連絡先を教えてくれないか？　何かあった時のために連携を取りたい」

「はっ？　ちょ、突然すぎて意味が……」

「気にするな。俺の自己満足である」

弟君は田中のすべてを知る人物だ。田中に関しての相談する人としてはうってつけだろう。ノートに記載されていた情報では全てを知ることができない。

「じゃあ今度一緒にカラオケ行こう！　あいつ絶対藤堂の事気に入るじゃん！　……あいつって自分の事知らない人と会えると嬉しがるじゃん？」

確か田中の弟君は俺たちの一つ下の学年の特別クラスに通っている。そして、田中の事を大切に想っている人だ。なにかあったら彼にも相談した方がいいだろう。それに彼から何か妙な雰囲気を感じる。彼は田中と同じ小中学校にいたはずだから、俺と同じ小学校にいたはずはない。しかし……、匂いが卒業生と似ている。

それにしても――

「自分を知らない人？　弟君は有名人なのか？」

「あはは、知らないなら大丈夫じゃん」

田中との些細なお喋りはとても大切な時間だ。俺と田中との関係を再構築するに当たり、修正箇所が見えてくるのだ。……なぜ俺が田中を好きだったか理解できる。田中はとても優しくて良い匂いがして心が綺麗な女の子だ。

「そうか、花園ならきっと知っているのだろうな」

「う、うん……」

花園の名前を出すと田中の顔が曇った。……なぜだ？　俺は以前の田中と花園の関係性は知らない。だが、とても仲が良い友達だとノートにも頭の中にも記録してあった。

この二週間、田中が中庭の昼食に来ない事が多い。花園も妙な顔をしていた。

「今日は購買で買ったパンを持ってきた。焼きそばパンがとても美味しいと評判だ」

「最近お弁当作らないじゃん。面倒だもんね」

「……いや、それは」

なるほど、俺はお弁当を作っていたのだな。おかしい、田中との記憶をなくしたのはわかる。だが、自分の行動変化までは気が付かなかった。記憶を失う前の俺のルーティーンであったのだ、それは覚えているがお弁当を作るという選択肢が無くなっていた。……修正が必要だ。

記憶が人格を形成する。田中との記憶を消した事によって、俺の中の何かがズレたのかも知れない。

「まいっか！　へへ、お昼楽しみにしてるじゃん！」

「うむ」

田中は元気よく返事をしてくれた。きっと大丈夫であろう。とても魅力的な笑顔であった。その笑顔は過去の藤堂剛に向けられているのだろう。

胸が痛む。とても痛い。耐えられない痛さなのに耐えなければいけない。

「はーい、みんな揃ってるね？　あっ、藤堂君もちゃんと来てるね。じゃあ朝のＨＲを始めるよー」

担任の時田先生が教室に来たので俺達はお喋りを止めて静かになるのであった。

午前の授業が淡々（たんたん）と進む。

特別教室の授業は担任の時田先生が全て受け持つ。若い女性の先生だ。小柄（こがら）な身体を大きく伸（の）ばして黒板に板書している。すでに習得している箇所だが、改めて人から教わると理解度が上がるような気がする。子供みたいな見た目だがこの先生は優秀（ゆうしゅう）なのだろう。

あと少しで午前の授業も終わる。田中はこの授業が始まる前に『ちょっと私は別の用事があるから……』といってどこかへ行ってしまった。

……気にしないようにしても気になる。田中が隣にいないと心がざわつく……。誰かに攫（さら）われていないか心配だ。

ソワソワしていると、授業中なのに前の席の龍ケ崎（りゅうがさき）が話しかけてきた。

女子なのに男子生徒の制服を着ている龍ケ崎。口調も男っぽい。しかし俺は知っている。カバンにつけているストラップは可愛い猫（ねこ）ちゃんのキャラクターだ。きっと可愛いものが好きなのだろう。さっきそれを指摘（してき）したら顔を真っ赤にして怒（おこ）られた。

特別クラスに正式に入る前、一度見学に来た時に彼女（かのじょ）に絡（から）まれた。俺の身体を見てスポーツ枠だと思ったらしい。彼女とはグラウンドで一緒に競走した仲だ。

「藤堂、一ヶ月後だ。それまで待ってろ。次は俺が勝つ！　素人に負けっぱなしでたまるかよ！」

「龍ケ崎。この前は楽しかった。ぜひまた一緒に競走をしてくれ。今まで人と競走をした事がなかったから嬉しかった」

「……へ？　嘘だろ？　中学の頃は？」

「速く走ると面倒な連中に絡まれる。体育の授業はなるべく休んでいた。運動会というものもあったが、俺は組体操の一番下でみんなを支えるのがメインであった。騎馬戦の馬もやったな」

「もっとガキの頃はかけっこしてただろ？」

「……子供の頃のことは……覚えていない」

中学の時に小学校の頃の話をしたことがある。

大きな荷物を背負ってひたすら山を歩く練習や大人との組み手、頭に妙な機械をつけて膨大な量のテストを一日かけて解かなければいけない授業。

そんな学校あるものか、と何故か嘘つき呼ばわりされたので、俺はあの時の事を喋らないようにしていた。

「そうか……、見る目ない奴らばっかりだったんだな。ふん、俺のガキの頃と一緒か……。よし、楽しみに待ってろよ！　次は負けないぜ！」

龍ケ崎はなぜか嬉しそうな顔をしていた。

「龍ケ崎のフォームは完璧だが、肺活量に問題がある。高地トレーニングはしてるのか？　マスクをしながら走るのも効果的だ」

「……素人のくせに生意気じゃねえか、くそ、走るのは専門じゃねえんだよ」

スポーツ枠も芸能枠も学校でちゃんと授業を受けて、学生生活を楽しんでいる。自分たちでスケジュールを管理して、学校側に提出をしている。学校所属という肩書きも活動するのに必要な時がある。

勉強枠の人も高校の授業は受ける必要が無いくらいの知識はあるが、普通の授業も興味本位で受けることもある。みんな普通の高校生活を楽しんでいた。といっても、このクラスは特別クラスの中で特殊な枠組みにある。

特別クラスは通常なら、芸能Ａクラス、スポーツＢクラス、勉強Ｃクラス、芸術Ｄクラスといったクラス分けをされている。

しかし、このクラスは能力が尖りすぎた生徒たちが集められている。特別クラスの中の特別Ｅクラス。

ここに来る前に生徒たちが話している声を拾った。

『ていうか、またＥクラスが問題起こしたらしいよ』

『あそこは特別クラスだけど落ちこぼれだもんね』

『陰キャばっかりだしね。でもでも新しく入った男の子がイケメンらしいよ』

『マジで！　あとで見に行こ！』

　といった感じだ。

　このクラスにいる生徒は優秀な才能を持っているが、社会では生きづらい『何か』が欠落している生徒を集めている。……まるで俺が通っていた小学校みたいだな。

　あそこには『リセット』を使える人間が俺以外にもいたはずだ。その精度は個々の技量によって違う。

『リセット』以外に『瞬間記憶』『空間認識』『高速思考』、自分の喜怒哀楽を消してしまう『デリート』。

……いや、今はどうでもいい事だ。非日常の事柄は学校生活に関係ない。

　とにかく、そんな才能がある彼らが過ごしやすいクラスにしたい。普通の高校生活を体験させたい。一般生徒の好奇な目から守りたい。という校長の思いから生まれた特別クラスだ。

　しかしわからない事がある。

　他の特別クラスの生徒たちの能力は一般の生徒よりも高い程度だ。常識で測れる範囲であろう。しかしこの問題児特別クラスの生徒は……、恐るべき才能の持ち主たちだ。学校の上層部はそれを理解しているからこのクラスに押し込んだのであろう。だが、普通の人々は高すぎる能力を理解していない。異物として認識している。

龍ケ崎はかけっこで俺と勝負することができた。本気は出していないが手加減もしていない。陸上が専門でもない龍ケ崎にだ。これは異常な事だ。

このクラスに入るに当たり一応下調べをしておいた。誰かが小学校関係者だと厄介な事になると思ったからだ。幸い誰も関係者はいなかった。が、やはり疑問に思う能力の持ち主たちだ。しかも一部の人間の経歴は綺麗すぎて逆におかしかった。

ＰＣを弄っている小柄な女の子の日向さんの知能は俺を越えているだろう。

クラスメイトの義妹といつも戯れている自堕落な東郷君は明らかに異質な存在だ。あれは修羅場をくぐり抜けたモノの特有の覇気が見える。彼が前髪で顔を隠していても俺にはわかる。こっち側の人間と言われても納得するだろう。

能力がいくら高くても学校では尖ったものは叩かれる。それが人なんだろうな。きっと高い能力も隠しているはずだ。

龍ケ崎はポツリと呟いた。

「そういや、藤堂って田中と普通に話してるんだよな？　すげえな。あいつっていつも不機嫌そうな面で誰とも話さねえからさ。……まあ、このクラスは自分が一番大事って奴が多いからな。話さなくても問題ねえし」

「田中が不機嫌そうだと？　想像できない」

「藤堂がこのクラスに来るって決まった時は『やったじゃん‼　……ちょっと見ないで頂戴よ！』とか言ってたんだぜ？　毎日そわそわしやがってさ。でも、お前ら恋人っぽい感じじゃねえし……なんだろ？　よくわかんねーや、まっ、俺には関係ないしな。おっ、藤堂が初めて笑ったな！　中々イケメンじゃねえかよ」

何故だろう？　俺は龍ケ崎の話を聞いて――呼吸の速度がゆっくりになった。

そうか、俺は嬉しいんだな。俺が特別クラスに移動して、田中が喜んでくれた事を――

「――情報感謝する」

「おうよ、へへ、何かあったらまた教えてやるぜ！」

龍ケ崎から聞かなかったら俺は田中の様子を知ることが出来なかった。俺は頭をペコリと下げる。

それにしても田中が帰ってこない。授業が終わってしまう。

「二人とも静かにして下さいね～、もうすぐ授業終わりますよ」

担任の時田先生の力の無い声が聞こえた。

このクラスを受け持つだけはあり、非常に優秀な先生だ。

顔のシワは少し多いが、見た目はとても若い。服装もファッショナブルで最先端だ。小さいのでシルエットだけは子供に間違われることもあるだろう。

だが、あの顔は明らかに20代後半の疲れが見える。どうみても大人の女性である。花園と田中のきめ細かい肌とは雲泥の差である。酒の量が多いのか？　苦労してるのか？　む、白髪を発見した。後で報告しなければ。

「はぁ……、というか東郷君も義妹ちゃんといちゃいちゃしてないで静かにしなさい！」

「わりいわりい時田先生、玲香がバカだから授業の内容わかんねえから教えてんだよ」

「全然わかんないよ！　玲香バカだもん！」

ふむ、時田先生は注意をしているが穏やかな空気感だ。生徒たちも緊張している様子はない。

俺は挙手をした。俺は新参者だから発言する時に気を遣わなくては。

「――先生、失礼。田中が戻ってこないから捜しに行ってもいいか？」

「あ、あと三分で授業終わるよ!?　藤堂くんは事前届出をだしてないよ!!　というか敬語使ってよね！　藤堂君は他の問題児――や、生徒たちよりも比較的まともだって聞いたのに」

俺もこの感覚がわからないんだ。あの日から俺はおかしい。確かに俺は二度と後悔をさせないと誓った。だが、それとは別で田中と花園と一緒にいると胸がズキズキと痛み高揚感がある。情報では俺は確かに花園と田中に好意を持っていた。

これはそれとは違う何かだ。田中が心配でたまらない。

「……うむ、確かに今は授業中だ。――訂正する。授業を延長せずに終わらせてくれ」

「はぁぁぁ……、大人しく聞いててね……、てか敬語……」

先生がぐったりとしながら授業を再開する。俺のせいだろう、すまない……。そして先生は時間きっちりに授業内容を終わらせた。やはり能力は高い先生なのだろう。

チャイムが鳴ると同時に俺は一礼をして席を立つ。

誰も冷やかそうともしない。……龍ケ崎だけが楽しそうに手を振ってくれた。

なるほど、特別Eクラスも存外悪くない。

俺は自分のスマホを手に取り教室を出るのであった。


田中からメッセージが返ってこない。

……表層に現れている俺の心は平然としている。だが、心の奥底では黒い感情が渦巻いている。何を俺は心配しているのだ？　ここは学校で何の心配もない。それに田中は戻ると言ったんだ。大人しく教室で待つのが得策ではないか。

理論は必要ない。本能の俺が田中を捜したいと思っているんだ。足が勝手に動く。廊下の床のタイルを数えながら俺は田中を思う。

田中との記憶を無くす前の俺はどんな人物であったのだろうか？　田中は親密な様子で俺に接してくる。俺は戸惑うばかりだ。田中が見ているのは記憶を無くす前の俺だ。

——今の俺ではない。

これは非常に難しい問題だ。感情をリセットする、記憶をリセットする。それまでの自分とは違う自分に生まれ変わると言っていいだろう。蓄積された記憶と感情を消してしまう。同じ人物と言えるのだろうか？　違う精神性を持った同一人物。ならば今の俺は……偽者ではないか。しかし、こんな事を何度も繰り返した。その度に俺は……偽者になっていたのか？

違う——

花園をリセットした後、俺達は関係を築き上げてきたではないか。……全部花園に背負わせて……。

歯を食いしばる。後悔を噛みしめるように——

血の味は慣れている。それでも好きになれない。

だが、俺は前に進むと決めたんだ。

自分の感情を分析しても答えは見つからない。寝ずに考えても答えはでなかった。だから、俺は本能に身を任せた——

何故か懐かしい『思い出』が頭に湧き上がった。

＊＊＊

中学三年の夏休み。俺はエリから依頼された仕事を終わらせて日本へ帰国した。

夏休みの殆どは南仏で過ごして終わってしまった。エリの研究所から攫われた少女を救うのが仕事であった。……またリセットをしてしまった。南仏はもう行きたくない。頭の中の記録として残っているが、認識はしたくない。リディアという名前の少女を俺は救えなかった。……俺は記憶を奥底に沈めたんだ。

夏休みは数日しか残っていない。だが、花園と一緒にお祭りに行く約束をしていた。その約束があったから俺は日本に戻ろうと思えたんだ。

帰国してすぐに花園の家に向かった。

『……ごほっ、ごほっ……、あんた、やっと帰って、来たの？　ごほっ』

『花園？　だ、大丈夫か？』

『うっさいわね……。ちょっとした風邪よ。……ごほっ、てか、明日の祭り……、もちろん行くわよね？』

『いや、その状態では……』

　夏風邪を引いた花園は親に止められてお祭りへ行けなくなってしまった。俺は初めて祭りに行けると思ってすごく楽しみにしていた。

　俺は一人で祭りに向かった。

　祭りは小学校の頃、映像で見たことがあった。たくさん人が集まって熱狂しながら踊って、出店なるもので食料を買って……。人々はみんな笑顔であった。非効率的な会合であるのに不思議であった。

　俺はその笑顔の理由がどうしても知りたかった。

　祭りの予習は渡仏前にばっちりしていた。小銭も大量に用意して、下駄という物を履いて街に出た。前の日は楽しみで眠れなくて日本各地の祭りについての伝承が書かれた本を読んで夜を明かしたのだ。

　祭りにいた人たちはみんな楽しそうであった。映像の通りである。家族と友達と恋人と

——、みんな楽しそうに笑っていた。あんず飴を食べていた、射的で遊んでいた、金魚すくいをしながら笑い合っていた、盆踊りを踊っていた。

俺だけは立ちすくんでいた。

その中に入る事が出来なかった。何度も屋台の前で往復をして、何かを買おうとしたけど、お金を握りしめるだけで何も買うことが出来なかった。

花園を置いて自分だけ楽しむ事に後ろめたさを感じた。待ち望んでいたお祭りなのに全然面白く感じなかった。寂しい、悲しい、孤独、様々な感情が入り混じって、俺は理由がわからなくなった。

『兄ちゃん、あんたさっきからずっと独りぼっちだよな。これ買ってけよ』

『い、いや、俺は……』

『いいから超うめえぞ。ほらよ』

屋台のお兄さんが俺に手渡したのはりんご飴というものであった。俺はおずおずと代金を払い、気がつくと俺は帰路に足を向けていた。

トボトボと歩いて自分の家に帰ると——

アパートの前に花園がいた。

熱で真っ赤な顔をして苦しそうであった。

いつもと違う服装であった。浴衣というものを着ていた。

俺は不謹慎ながら——すごく綺麗だと思った。

『あ、あんた、一人じゃ寂しいと思っただけよ！　あ、あんたのためじゃないからね！　わ、私が着たかっただけよ……こほっ、こほっ。って、あんた泣いてるの!!　バカ、りんご飴落としちゃうよ』

俺はあの時、自分の心が理解出来なかった。

花園の言葉を聞いた瞬間、俺は——顔から汗が流れた。止まらなかった。初めての事でどうしていいかわからなかった。ただ——花園の具合が悪くならないように、と思った。

俺は手に持っていたりんご飴を花園に渡した。

『あんたそれ私にくれるの……。ふ、ふん！　剛にしては上出来よ！　……えへへ』

そして、俺は手を引かれ……花園のお父さん、お母さんが困った顔をしながら、縁側の近くで布団を敷いてくれた。——花園は浴衣を着たまま横になった。

遠くから祭りの音が聞こえて来た。騒がしい音も今日は風情というものに感じられる。

俺はその音を聞きながら、浴衣を着た花園をずっと見ていた。胸の奥に何かが芽生えた瞬間であった。それが何か俺にはわからなかった。だが、いつかきっと理解できる日が来る。

『なによ、あんた私の顔ばっか見てんじゃん。てか、なに？　好きなの？』

『そうか、これが好意という感情か……。今まで知らなかった』

『げほっ、げほっ！　あ、あんた何言ってんのよ！　バカ！』

『は、花園、無理するな。布団から起き上がるな。……いや、何故そこで布団の中に隠れる』

布団の隙間から見えた花園は嬉しそうな顔をしており、顔が真っ赤であった。

『べ、別になんでもないわよ、今度は二人でお祭り行くわよ』

『……ああ、もちろんだ』

そのやり取りだけで、俺にとって祭りは特別なものだと実感することができた。

＊＊＊

意識が現実に引き戻される。

廊下を歩く足が止まる――

突然意識の外側に現れた『思い出』が心をかき乱す。

「ああ、そうか。花園はとてもすごい女の子なんだな……」

花園だけではない。田中もそうだ。リセットしてしまった馬鹿な俺と一から関係を築き上げようとしている。

それはとても苦しくて悲しみが伴う行為だ。

――俺がリセットした愛情。二度と戻らない感情。リセットから始まった新しい花園との関係。それが俺にとって普通だと思っていた。

ドンッという音が廊下に響く。……無意識に拳を廊下の壁に叩きつけていた。自分に対しての怒り。感情が安定しない。

苦しい、本当に嫌な気持ちになる。こんな苦しみを俺は何度もリセットしてきた。

リセットすれば楽になる――

ふと、ポケットの中に入っているサプリの存在に意識が向いた。俺がご飯の後に摂取していたサプリだ。俺はどこでこれを手に入れたんだ？

「健康維持のためのサプリ……。いや、これは――」

これを飲めば楽になる。俺はそれを知っている。これは俺の『リセット』のための薬であったんだ。

浴衣を着ている花園の姿が頭から離れない。それを思う度に心が引き裂かれるような罪悪感に襲われる。

俺は薬を手に取り――

廊下の窓から思い切り振りかぶって投げ捨てた。

こんな苦しみなど花園と田中の痛みよりも生易しいものだ。

あのお祭りの時の気持ちが少しだけ理解できる。

俺は花園と一緒に祭りに行きたかったんだ。

俺はあの瞬間を大切にしたかったんだ。好きな人と一緒にいる時間の大切さをわかったんだ。

……過去は能力を使っても二度と戻らない。時間は不可逆的な概念だ。

だから、俺は田中と花園と過ごす時間を一秒でも大切にしたいだけなんだ。だから俺は田中を捜していたんだ。行動と精神が一致する。感情が無くなったとしても、記憶が無くなったとしても、俺にとって田中はとても大切な女の子なんだ。

止まっていた足を動かす。

踏み出した足に力が入る。痛みは引いてくれない。それが普通の人間というものだ。

と、その時全身に鳥肌が立った。

声が聞こえてきた。ほんの小さな声。田中の歌声だ。

遮音（しゃおん）された部屋で誰（だれ）かが歌っている。俺は耳が非常に良い。俺しかわからないだろう。

俺は声の方向へと向かうことにした。


視聴覚室（しちょうかく）からこぼれ出る歌声。俺は扉（とびら）の外から田中の歌を聞いていた。

感情が乗った声が俺の心に響く。さっきまでの苦しみが嘘（うそ）のように消えていた。

扉を開けて聞きたいが、田中が驚くだろう。

歌い終わるまで俺は目を閉じて待つことにした。

俺は扉を開け放って、田中に声をかけようとした——

だが、俺は開けた扉の前で固まってしまった。


「——た、田中？」

歌い終わった田中の瞳（ひとみ）から涙（なみだ）が流れていた。

その姿は見覚えがある。俺が田中の好意をリセットした時と同じ姿であった。ほんの二週間前のあの日。

「あ!?　な、なんでここに……は、恥ずかしいじゃん。ぐす……ちょ、ちょっとあっち向いてよ……」

「あ、ああ、すまない……」

俺は背を向けると、田中が自分のハンカチで顔を拭いている音が聞こえる。

「うん、もう大丈夫じゃん！　あっ、もう昼休み？　あははっ、いつも忘れちゃうじゃんよ」

俺の心臓がバクバクしていた。田中の涙を見ていると胸が締め付けられて仕方ない。

「うーん、私は今日はいいかな？　藤堂、華ちゃんと二人で食べて――」

「駄目だ」

俺は即答した。

理性で行動するはずの俺が、本能というものに従った。

「へ？　と、藤堂？」

「お、俺は……花園と田中が一緒じゃないと嫌だ。……すまない、ただの俺のわがままだ。それに……花園と田中は仲良くして欲しい」

俺が田中をリセットしたあの日から、何かがズレているような感覚に陥った。自分の事だけではない。田中と花園の二人の間から妙な雰囲気を感じていた。

田中は少しだけ笑ってため息を吐いた。

「はぁ……、私は華ちゃんとは仲良しじゃん？　私だって藤堂とご飯食べたいよ？　でも今日は気分が乗らなくて、――え？　藤堂？」

俺は腫れぼったい目をしている田中に近づいた。

田中は俺の顔を見て何故か驚いていた。

「田中が本心で言ってるのは理解できる。田中から嘘の気配はしない。……だが、声に込められている感情が……何か違う。俺はそれが嫌だ。だから花園と……」

記憶を消し去ったからといって、友達同士だった二人の関係がおかしいのはわかる。声の質や体温、表情の微妙な変化。その積み重ねが違和感に変わる。

俺の思いが田中に届いて欲しい。それはただの俺のわがままかも知れない。だけど――いつまでも、この穏やかな生活が続くかなんて俺にはわからない。だから、俺は田中と花園が仲良くなって欲しいんだ。

思いをうまく言葉に出来ない。

「田中――」

だから、俺は思いを込めて田中の名前を呼んだ。

田中はしばらくの間、目をつぶっていた。

そして、目を開き――

「……うん、わかった。そうだよね……ちゃんと話すよ。――藤堂、ありがとじゃんっ！　やっぱ藤堂ってヤバいじゃん！　てか、本当にリセットしたの？　今、前と同じ顔だったから嬉しくて……」

頭の認識がうまく働かない。田中の言葉がモヤがかかっているように聞こえた。だが、表情を見ればきっとうまくいったのであろう。

眼の前にいる田中を見ていると胸がバクバクする。この感情はただの好意とは違う。それだけはわかる。積み重ねてきた時間は俺が壊した。それでも、俺の中の何かが暴れている。理解する必要ない。頭で考えるな。

俺の身体が勝手に動いていた。

「ならば、行くぞ田中」

田中の手を優しく取る。……俺の顔の温度が上昇していくのがわかった。なるほど、ただ手を繋ぐという行為が気恥ずかしいものだと理解できた。

「え……、あ……、うん！　行こ！　あっ、今日の帰りさ……華ちゃん借りるよ！　一日くらいいいじゃん！」

「了解だ。二人で美味しいジュースでも飲んでくれ――」

俺たちは途中まで手を繋いで廊下を歩いた。

手の平から伝わる田中の体温を意識してしまう。田中はもう泣いていない。それだけで俺の心は平常心となった。そしていつの間にか胸の痛みが奥底に引っ込んでいた。

「ねえ、やっぱさ、笑っている藤堂が一番素敵(すてき)じゃん」

「お、俺は今笑っているのか？」

「顔が緩(ゆる)んでるよ！」

「そうか……。それはとてもいい事だ」

自分の顔を手で触(さわ)る。確かに表情が変化していた。……たったそれだけの事で、たったそれだけしかできない自分が悔(くや)しくて、たったそれだけで喜んでくれる田中の顔が恥ずかしくてみられなくて――。

そして俺の心に『スイッチ』が入ったような気がした。

第四話　藤堂と猫

珍(めずら)しく一人で下校をしている。

「今日は何も予定が無い。久しぶりだ」

花園と下校する時は必ずどこかに寄る。

アルバイトはまだ続けているが、田中との不要な接触を避けるため回数を減らしていた。

人生は長い。だけど、俺には縛りがある。俺はあの小学校を卒業して…エリと契約書を交わし、時折エリからの依頼をこなして賃金を稼ぎ、普通の学生として生活をして。そして、久方ぶりにエリとこの前遭遇して——

胸の奥がモヤモヤする。エリには逆らえない、それが俺の常識だ。それと同じように、こんな普通の生活はいつまでも続かないと何故か理解している。いつかみんなと別れなければならない。……なんだこの感情は？　急激に何かが込み上げてきた。これは俺がリセットすると決断した時と同じくらいの強い意志と感情。

みんなと別れる。意識していなかった。

そうか、俺はそれが嫌なんだ。

だが、エリに逆らえるはずもない。希望的観測は必要ない。人は出会いと別れを繰り返している。感情をリセットして、排除すれば心が痛くならない。

——以前の俺ならそう思っていただろう。だが、その考えは間違っている。

「む……？　野生の気配が」

振り向くと野良猫が俺の後ろを通っていた。猫は俺に気がつくと「にゃご」と鳴く。

俺はそんな猫をみて、気持ちを切り替えた。猫に近づいて――恐る恐る頭を撫でる。

「にゃご、ぶるるるぅぅ……」

「ふむ、中々器量よしの猫ちゃんではないか」

人懐っこい猫だ。……俺は猫の横に座った。俺は猫を撫でながら――昔の記憶がフラッシュバックした――

＊＊＊

俺が中学生の頃だ。

本とスマホの知識だけで日本の学生生活を知ったつもりであった。

自分の常識が世間とは外れていた。誰と話しても俺と会話が噛み合わなかった。

担任の先生さえもそうだ。唯一、花園だけが俺と一緒にいてくれた。それだけで十分であった。

初めての自己紹介の時は隣の生徒に無視された事もあり、何を話していいかわからなくて立ちすくんでしまった。周りの生徒たちからは冷たい視線を送られる。とても居心地が悪かった。

あの時の花園はそんな俺に冷たかった。今みたいに優しくない。

班を決める時は、花園がため息を吐きながら俺と一緒の班になってくれた。

寄せ集めの班は、あまり楽しいものでは無かった。

花園は俺のせいで友達が少なかった。それでも俺の面倒をみるって約束してくれた。

何故なのか聞いてみたら『幼稚園の頃約束したのよ、ふん！』と言われるだけであった。

何だったんだろう？

俺は頑張って花園の迷惑にならないように、友達を作ろうとした。

俺が話しかけようとすると、みんな逃げてしまった。

なんでお前が話しかける？　そういう顔をしていた。俺は異物であった。

空気を読めない。意見がズレている。正論しか言えない。

それがクラスメイトにとって、致命的であったらしい。

勉強ができればみんなわかってくれると思った。運動ができれば仲良くなれると思った。

テストで満点を取った日に――校舎の裏で、俺は複数のクラスメイトに責められた。カンニングを疑われた。みんな俺の事を頭がおかしい馬鹿だと思っていたらしい。

そんな奴がいきなりテストで満点を取った。カンニングしかない。無実の罪で責められた。花園がきてくれるまで、俺は何も言い返せなかった。ただ下を見て石ころの数を数えていた。

冬のマラソン大会で全力で走ってみた。側道で見守る保護者や先生の驚いた顔が見えた。俺は喜んでいると思っていた。だが、俺の勘違いであった。

ゴールに着いた瞬間、俺は失格になった。

異常なタイムと言われた。抜け道を使ったと言われた。みんな見ているから不正は出来ないはずだ。だが、異常なタイムがその考えを奪い取る。常識では測れないモノは見ないふりをする。同じような事が何度もあり、俺は学校中の生徒から責められた。

俺は罵声を浴びながら一つの考えに至った。

能力は隠す必要がある。そうしないと、俺の心が持たない。

——悲劇は慣れているが、悪意を受けるのは慣れていなかった。人が怖かった。うまくやれない自分が嫌いだった。

能力が低い人間の方が接しやすいと思われる。

俺は普通を目指したい。だから、自分の能力を低く見せる事にした。

徐々に学校生活に慣れてくるとイジメというものには発展しなくなった。隣の席の平塚すみれは終始俺をからかっていたが、いつしか彼女の認識は消えていた。きっと忘れてしまったんだろう。

俺は頭がおかしい奴、と思われた方が教室ではうまく行った。

なぜなら、クラスメイトは俺の事を下に見る。そうする事で、クラスメイトの心に余裕が生まれる。俺を——可哀想な男として扱う。

——それは悲しい事であった。だから俺は花園以外のクラスメイトの存在を『認識』しないようにした。認識しなければそこに存在しない。

それが俺の中学時代だ。

＊＊＊

「にゃあ……、ぐるるるぅ」

小雨が降ってきた。

猫は雨を気にせずに俺の膝の上に乗って撫でろとせがむ。猫が濡れないように前かがみ

になる。

最近の俺は随分と昔の事を思い出す時が多い。……悲しいというよりも寂しい出来事の方が俺にとって多い。

俺は——本当にこんな生活がしたかったのか？　高校になって花園ともクラスが離れてしまって、もう一度人と関わろうと努力してみようと思ったんだ。

その結果が花園のリセットであり、道場であり笹身であり……田中である。

俺の焦りが俺の心を変えてしまった。俺の面倒を見てくれた——花園のことも、やっぱり他の人と一緒なんだ、と思ってしまった。

『花園は御堂筋先輩が好き』

その事実に俺は凄まじい衝撃を受けたんだ。ビルの上から落ちても、崖から落ちても、ナイフで刺されても、銃で撃たれても、そんな心境にはならなかった。花園から向けられていた好意は俺の勘違いだと思ってしまった。

衝撃が俺の正常な判断を奪った。

リセットするのに躊躇は無かった。

自分に対しての怒りが心の中で爆発する——

「ふにゃ!?　ふしゅ——!!」

「あっ……、猫ちゃん……」

俺の感情を感じ取った猫は走り去ってしまった。俺はまた一人ぼっちになった。

ふと雨の感触が止まった。

「あんた一人で何してんのよ!?　雨降ってるじゃない。傘ないの？　てか、あんたまた泣いてるの……？　ちょっと誰にいじめられたのよ！」

心臓が跳ね上がる。全く予期していなかった花園の登場。話し合いをしていたのではなかったのか？

「花園、別に俺は泣いてなどいない。いじめられてもいない」

花園が俺の頭上に傘を差していた。少し離れたところから田中が駆け寄ってくる。

「華ちゃん足速いって!?　待つじゃん！　藤堂の事心配なのはわかるけどさ」

「べ、別に私は心配してないし」

「田中？　俺は猫ちゃんと対話を試みていたのだ」

「猫ちゃん？　てかさ、藤堂は傘持ってるの？」

「ない」

「し、仕方ないわね。私の傘に入りなさいよ！」

「私の傘は折りたたみだから小さいじゃん」

二人は吹っ切れた顔をしていた。最近感じていたおかしな雰囲気が消えていた。きっと良い話し合いができたのであろう。議論を交わすのはとても重要だ。

「あ、雨上がったよ」

花園が傘を下ろす。夕暮れに照らされた二人はとても素敵なものに見えた。俺は夢の中にいるみたいに視界がぼんやりとしてきた。

きっと俺がずっと追い求めたもの。それが具現化されてどうしていいかわからないだけだ。

――俺はこの場に存在していいのだろうか？

「なんだ、ただの通り雨じゃん。華ちゃん、行こ」

二人の顔を見たら、全てがどうでも良くなってしまった。

俺が求めて、探して、見つからなかった、なんでもない普通がここに存在していた。

＊＊＊

高校の近所のファミレスは今日も盛況であった。時折花園と帰りに立ち寄って利用している。店長さんは親切な人で俺が困っていると助けてくれたのだ。何度も通っているうちに店長さんとは少し会話出来るようになった。

今日はうちの高校以外の生徒もちらほら見える。

「へへっ、やっぱり今日は私達が藤堂にドリンクバーをおごってあげるじゃん！」

「まあそうね。悔しいけど剛のおかげね。今日だけよ！」

話し合いのことか——

うまくいって良かった。

「あ、ちょっとトイレ行くわね」

「私も行くじゃん！　話している間、水飲みすぎちゃったじゃん……」

「それでは俺が注文しておこう。ドリンクバー三つで良いんだな？」

この店なら俺一人でも注文できる。

二人は「うん、よろしくっ！」と返事をしてトイレへと向かった。

ファミレスに入るにも慣れて来た。カラオケボックスで初体験したが、このドリンクバーという神のようなシステムが理解出来なかった。大変素晴らしいものだ。

そしてファミレスのシステムはすごい。注文をする際、ボタン一つで店員さんを呼べるのだ。

俺はボタンを押した。この時間ならば店長が来ると思っていたが、奥のテーブルのお客さんと話していた女性店員がドタバタ走ってやってきた。

女性店員はとても無愛想な表情であった。あまり良い雰囲気ではない。

「……注文は？　――ってあれ？　あなた藤堂？」

「失礼、俺は君の事を知らない。すまないが人違いでは？　ドリンクバーを3つ頼む」

「はっ？　何言ってるの？　あなた中学の頃同じクラスだったでしょ？　私よ、反町景子よ。もしかして藤堂係の花園もいるわけ？」

藤堂係？　……『記録』の引き出しを開けると、反町は確かに同じクラスであった。勉強ができる子で、俺が満点を取った時、すごい目で睨んで来た子である。……何故だろう？　非常に嫌な気持ちになった。花園の事を馬鹿にしているように感じ取れたからだ。自分が馬鹿にされるのは構わない。不安定な心を抑え込む。

「ドリンクバーを頼む……」

「怖っ!?　懐かしの再会なんだからさ、もうちょっと愛想よくできないの？　てか、その制服ってあそこの高校だよね？　ふーん、そこそこ頭いいのね……ちっ。――あっちのテーブルに中学の時の友達がいるから挨拶でもすれば？」

テーブルに座っている人たちを見ると年頃の男女がいた。記録の引き出しにはクラスメイトと記載されてあった。顔も覚えているし名前もわかる。だが、クラスメイトだと認識できない。ただの赤の他人である。

俺を見てニヤニヤと笑っていた。……俺はその笑い方を知っている。人を馬鹿にする時の笑い方だ。

だが、一人だけ俺を見て青ざめた顔の男子生徒が震えていた。

またただ、中学の頃を思い出してしまった。

＊＊＊

彼は中学二年の時の同級生だ。クラスのみんなが俺によくわからない嫌がらせをしてきたんだ。

俺が本気で嫌がると『冗談だろ？　お前冗談も通じないのかよ』と言われた事がある。

一度だけ、花園が風邪で学校を休んだ時、『事件』が起きた。

花園が馬鹿にされたんだ。その瞬間、嫌な感情に支配されて、冗談を冗談として認識できなかった。

悪くない事を謝る。断片的な情報で決めつける。俺には普通の中学校という世界が理解できなかった。

あの時は花園というストッパーがいなかった。自分を止められなかった。後悔（こうかい）しても後でリセットすればいい、と思っていた。全部壊してしまっても構わないと思ってしまった。

だから『事件』が起きた。破壊（はかい）された机と壁、本当の恐怖（きょうふ）に当てられて震えて泣き叫（さけ）ぶ生徒たち。自分に返ってくる負の感情をリセットした。

それ以来そのクラスでは誰も俺に話しかける事はなくなった。教師でさえ、俺から顔をそらすようになった。俺の事情を知っていた校長が裏で走り回った。知っている生徒は少ない。

クラスは毎年替わる。人は都合の悪い事は忘れる。何度でも繰り返される。

しかし覚えている人間は必ず存在している。

＊＊＊

反町はあの頃のクラスメイトと同じ目をしていた。自分よりも明確に下の人間。そう思っている。

……人の優劣（ゆうれつ）は簡単に付くものではない。

「それにしても藤堂って意外とかっこよかった？　ははっ、あなたって女の子慣れしてなかったもんね。私が話しかけただけで顔を真っ赤にさせてたもんね～。あっ、試しに付き合ってみる？　ふふっ……私可愛いでしょ？」

ひげ面の店長さんと目があった。彼はため息を吐きながらこちらに近づく。

「――店長さん、済まないが、彼女に絡まれている。オーダーを通してくれ」

「藤堂君、ごめんね。――反町、元同級生でも今はお客様だろ？　ちゃんと仕事をしてくれよ」

「え、店長、だって藤堂でしょ？　ならどうでもいいでしょ。あっ、ドリンクバー3つです。よろしくお願いしまーす」

「お前馬鹿かっ⁉　今バイトしてんだろ？　よく考えろよ？　おかしいだろ？」

店長は反町の制服を引っ張って、厨房の奥へと消えていった。

静かな声の説教が俺の耳に聞こえてくる。

大人には理解できない子供の世界がある。子供にしかわからない世界だ。警察が介入する事もない。

彼女は三年の頃同じクラスであった。反町には悪意が無い。いや、悪意しか無いと言って良いのか……。悪意が常識となっている。俺が下の人間という認識を自然としているだけであった。

　なんだか疲れた……。

「よっすっ！　お待たせじゃん！」

「剛、どうしたの？」

　二人が帰ってきた。俺は二人を見ると安堵のため息を吐いた。頭を切り替える。ほんの少し前の俺ならばリセットしていたかも知れない。今の俺は……大丈夫だ。

　俺たちはドリンクバーを取りに行って、色々話をし始めた。

「私、波留ちゃんにびっくりしちゃったよ……」

「ははっ、仕方ないじゃん……。気持ち抑えられなかったし……」

「どうやら腹を割って話す事が出来たんだな。――どうなったんだ？」

　二人は顔を見合わせた。まるでいたずらをする前の子供みたいであった。思えば中学の頃の花園もそんな表情を沢山していた。……。不器用な俺には意地悪しているだけかと思っていたが、違うんだ。これは愛情表現の一種だ。

「――私は剛に依存してたんだわ。……波留ちゃんも同じ気持ちだったみたいね。自分だけで剛を独占してるって思って――」

　田中が言葉をつなぐ。

「私達ね。すっごく言い合ったんだ。お互いの悪いところも――ずるい所も。……結局ね、藤堂の事が一番大切だっただけじゃん……。あ、えっと……、私達も自分たちの気持ちを大事にしようってね……」

「うん、お互い一からスタートになったんだからさ、私と波留ちゃんも一からスタートしてもいいかなって思ったんだ。お互い譲り合いは無し、だって友達だもん！　だからね、剛――これからもよろしく」

「よろしくじゃんっ!!」

「――あ、ああ、よろしくたのむ」

流石にこれは俺には理解が難しかった。心の深淵を覗いているようであった。

二人が俺に依存していた？　むしろ俺が二人に依存していたのであろう。その依存の強さはリセットを歪ませた。今の二人と一緒にいると胸がドキドキして妙な感覚に陥る。これはどんなに抑えようとしても抑えられない何かだ。

とにかく確実にわかったのが、二人は仲直りした。

俺はそれだけで嬉しかった。

――だから、今は余計な事を言う必要が無い。

その時、呼んでいないのに店員である反町が何故かポテトを持って来てテーブルにドンと置いた。俺たちは注文をしていない。

「はーい、これ、注文のポテト！」

俺たちは顔を見合わせた。ここで食事をするつもりはない。みんな家でご飯を食べる予定だ。食べたくない食事を出されても迷惑なだけであった。

「――あんた同中の反町だっけ？　ここでバイトしてるんだ。てかさ、これ頼んでないわよ」

「花園は相変わらずギスギスしてるわね。これは私の善意よ。ねっ、あんたさまだ藤堂係してるの？　ていうか、隣にいる子すごく可愛いね」

察するに、オーダーミスで余った料理をこちらに持ってきただけだ。あちらのテーブルでさっき騒いでいた。

田中も花園も反町の態度に困惑している。俺は二人のその姿を見て何かを思い出した。

あの時は田中を助けるために……？　そうだ、俺は田中を助けようとして『リミット』を解除したんだ。そのせいで記憶を失ったんだ。

異常事態だ。俺が記憶を思い出し始めている。

『リミット』は『リセット』の限界を超えた能力。記憶を確実に失う。高速思考が俺の過去のデータを洗い出す。過去、俺が数々の記憶を失ったのは不完全なリセットのせいでもあるが、誰かを助けるために『リミット』を使い、脳の限界を超えて酷使した事が原因だ。

だから俺が『リミット』を使った認識はできない……はずだ。

一呼吸をして心を落ち着ける。これについては今考える事ではない。

なぜならここは非日常ではない。花園がいて、田中がいて、心が安らぐ日常なのだから。

……自分の感情の振れ幅がおかしい。二人が嫌な気持ちになるのが嫌なのだ。

俺は立ち上がりポテトの皿を持つ。

「ポテトは必要ない」

「はっ？　あなたには聞いてないよ。藤堂のくせに意見しないで」

「ちょっとあんたなんなのよ！　剛の事馬鹿にしてんの！」

「うん、ちょっとおかしいじゃん。いきなり来てさ、藤堂の事馬鹿にして……」

俺は花園と田中の肩に両手を置く。触れ合うと心が落ち着くとわかったんだ。

「俺は大丈夫だ」

自分がバカにされると花園たちにも迷惑がかかる。だから、俺も馬鹿にされているだけでは駄目なのだ。だから、ほんの少しだけ目に力を入れて反町を見つめる。

反町は挙動不審になり身体が小刻みに震え始めた。

「え……、なに、これ？　ちょ……、だってさ、あ、あそこにいる同中の奴らも、藤堂の事を馬鹿にしてるよ――」

青い顔をしている彼だけが必死に首を振って仲間たちを止めようとしていた。そして、逃げるようにファミレスから出ていくのであった。

「あれれ？　あいつらどうしたんだろ？　てかさ、あ、あんた、と、藤堂のくせに生意気よ」

「失礼、俺は君の事を覚えていないほどの関係性だ。悪いが関わりたくもない。それに今君はアルバイト中ではないか？　仕事をしてくれ」

「……っ」

「ただ常識を説いただけだ。子供の世界が全てではない」

その時、俺たちのテーブルに誰かが近づいてきた。

「ふん、正論だな。でもな藤堂、強い正論は人には届かねえんだよ。姉ちゃん、迎えに来たぜ」

綺麗な声が聞こえてきた。田中の弟君である。俺が連絡をしておいた。彼は田中に対して非常に過保護である。今日の彼は随分と気配を消しているように思えた。彼がファミレスに入った時、存在を認識するのに精一杯だった。やはり一筋縄ではいかない人物だ。

「姉ちゃんを送るのは俺の仕事だからな。早く帰ろうぜ」

「タクヤ、馬鹿っ！　ちゃんと敬語使いなさいよ！　藤堂は年上じゃん！　てかまだドリンク飲んでないじゃん⁉」

「ええ、マジかよ。……なら俺もドリンクバー注文するぜ。藤堂、隣座るぜ」

「うむ、花園、構わないか？」

「う、うん、別にいいけど。ていうか、波留ちゃんの弟君って……。うん、どうでもいいわね」

「彼はなかなかの男前である」

　田中がふくれっ面になりながら俺に言うのであった。

「へへっ、藤堂の方がかっこいいじゃん！」

「姉ちゃんは俺の事かっこいいって言ってくんねえのかよ⁉」

「ええ、だってタクヤじゃん。てか、ドリンクバー持ってきなよ。頼んでおくよ」

　あっけに取られて立ち尽くしている反町が声をかけたきた。

「ね、ねえ、あ、あなた……タクヤのお姉ちゃんなの？　ていうか、藤堂ってタクヤと友達なの？　お、お願いなんだけど——サインくれないかな？」

　俺は理解出来なかった。サインだと？　何かの契約か？　契約書は非常に重たいものだぞ。弟君を騙そうとしているのか？　騙すのは許さないぞ？

「藤堂はクラスのお荷物だったでしょ？　だったら私の言うことを――」

「よくわからないが仕事をしてくれ。今は友達との楽しい時間なのだから」

「はっ？　あんた――」

俺は反町の瞳を射貫くように見つめて反町の肩に手を触れる。俺が感じていた中学の時の悲しい感情を込めて。通じるかわからない。だが、獣ではない、人間だ。

俺の感情を反町に移す――

「あ……、う……」

反町の動きが止まる。一歩後ずさる。その後ろには店長さんがいたのであった。

「反町……いい加減にしろ。お前は皿洗いしてろ。って、お前どうした？」

「は、はい、え、な、なんで、なんで、なんで……」

反町は動こうとしても動けない。足が小刻みに震えている。目には涙をためていた。

反町は店長に引きずられるように奥へと引っ込んでしまった。そして、聞こえてきたのは泣き声であった。

＊＊＊

ファミレスで温かな時間を過ごした俺達は帰宅する事にした。反町はあれっきり裏にこもったまま出てこなかった。

弟君と田中は俺達の姿が見えなくなるまで手を振ってくれた。

俺も花園もずっと手を振り返した。

二人が見えなくなると、花園はため息を吐いた。

「……ふぅ、まさかファミレスに反町がいるとは思わなかったわよ」

「たまにしか行かないからな。最近入ったのではないか？」

「中学の頃は、私も拗らせてたからね……。剛が馬鹿にされてムカついてたもん」

「……すまない、中学の時は俺がもう少しうまくクラスと馴染めればよかったんだが」

俺と花園は歩き出す。もう日が落ちている。楽しい時間はあっという間に過ぎる。

「ううん、剛は高校に入って良くなったよ。反町たちは……中学の時の一番良い思い出で止まっているのよ」

なるほど、自分が一番輝いていた時のままで止まっている。だから俺の事をいつまでも見下していたんだ。

「難しいな――」

俺は改めて人間関係というモノの難しさを実感した。俺は高校に入って様々な人と出会った。花園と田中以外にも俺と接してくれる人たちがいたんだ。

心が急速に萎む。俺は花園と田中だけではない。道場と笹身もリセットしてしまったんだ。確かにあれは心が痛い出来事であった。しかし……、全てを消してしまってはいけなかったんだ。

「道場はどうしてるのだろうか」

「あ、なんかすごく静かになったらしいわよ？　休み時間も勉強してて、クラス委員の仕事も真面目にやっているみたい。……大丈夫よ。道場が変われたのもあんたのおかげよ」

「俺の、おかげ？」

「そうよ、じゃないとあいつはずっとあのままだったわよ。……あの性格だから女子の敵も多いだろうと思うし」

「敵？　みんな仲良さそうに見えるがそうでは無いのか？」

花園は遠くを見つめていた。何かを思い出しているような雰囲気だ。

「うん、結構キツイ子って多いからね。あんたは女子の世界を知らなくていいのよ！」

「う、うむ。そう言われると気になるが……。そういえば、道場も図書室では俺と話していたが、教室では滅多に話しかけて来なかったな。あっ、学期初めの遠足では、班に入れてくれようとしたのは嬉しかった覚えがある」

「あ、あんた覚えてるの⁉」

「もちろんだ。花園が来てくれて、道場と三人で遠足を回った。……懐かしい思い出……、懐かしい？」

足が止まりそうになるのをこらえる。リセットした道場に対して懐かしいという感情など浮かばない、はずだ。頭がズキンッと痛んだ。まるでハンマーで殴られたような衝撃。脳が異常を消そうとしている。俺の心の中の何かが必死になってそれに抵抗する。

苦しみを表に出してはいけない。今は花園とのお喋りの時間なのだ。

花園は俺の顔を覗き込んでいた。その表情は読み取れない。だが、温かい気持ちだけが伝わってくる。痛みは我慢すればいい。

「さ、笹身は陸上部を辞めたんだな？　五十嵐君から聞いたぞ」

大丈夫だ。花園に変に思われていない。このまま話を続けるんだ。

「うん、私も五十嵐から色々聞いたんだけどさ。清水に言われたから辞めたってよりも、もっと上を目指すために辞めたらしいよ？　なんか、プロランナーに教わりに行ったり、大学で練習を見学したりして忙しいみたいね」

陸上部を辞めたと聞いて、少しだけ心配になっていた。

一度、走っている姿を見かけたが、その時のフォームは綺麗になっていた。考えて走るという事を実践してくれていた。

俺はそれを見て、少しだけ嬉しかった覚えがある。

関係がなくなった。だから、どうでもいいと思っていた。それでも、何か心に引っかかるものがあったのかも知れない。

……現実は残酷だ。道場には陸上の才能がない。ある一定の水準までは達成できるが、それ以上は無理であった。少し、可哀想だと思えた。

そう思っただけで頭の痛みがより一層ひどくなる。

「なんにせよ前向きで良かった。いつか一緒に競走してみたいな」

「え？　剛？」

花園は俺の返答を疑問に思っている。しかし、俺にも説明が付かない。理論では説明付かない事は考えるな。

「いつか、関わっても良いと思える日が来るのかも知れないな」

「ふふっ、剛は優しいな……」

「花園の方が優しいぞ？」

「そんな事ないわよ。てかさ聞いてよ。笹身が部活辞めて、清水が大人しくなっちゃったんだ。結構ショックだったんじゃないかな。指導の仕方はどうあれ、笹身さんの事気に入っていたんでしょ？」

「彼が大人しく……想像もできないな」

花園の声の温度が下がった気がした——む、怒っているのか？

「……でもさ、そんなタイミングで彼女っぽい人が教室に何人も来て、別れ話をされたり、彼女同士が鉢合わせになって修羅場になったり……」

「ど、どういう事だ？　花園の事が好きではなかったのか？　それに彼女同士？」

「知らないわよ！　私は興味無いわよ！」

花園はため息を吐きながら続ける。

「なんか、陸上部のエースで見てくれだけは良かったから、結構告白されてたんだって。で、清水はほとんど断らなかったらしいわよ。五股？　六股？　しかも、付き合ってから清水の性格がバレて、すぐに振られたり……それの繰り返しだったみたいだわ」

驚愕だ。

そんな男がこの世にいるのか？　いや、この前読んだ小説の主人公も複数の女性と関係を持ち、最後にはお腹を包丁で刺されていた。主人公の行動があまり理解できない小説だ。

現実にもいるんだな——

「——彼は……生きているのか？」

「え⁉　だ、大丈夫みたいだよ。意外と男子が清水をフォローしているしね。あんな性格だけど男子には世話焼きだから」

花園は再びため息を吐いた。

「ふぅ……、なんか剛にリセットされてから色々あったね……。最近の事なのにすっごく遠い過去に思えちゃう」

「そうだな、色々あった。俺だけでは対処出来ないような事があったり、初めての体験を沢山した。花園――」

「なに？」

「一から友達になってくれてありがとう――」

「ちょっ⁉　つ、剛？　や、やめてよ、恥ずかしいわ！　てかあんた私の事なんとも思ってないんでしょ⁉」

花園の顔が少し赤くなった。俺の足も今度は確実に止まってしまった。頭痛がひどい。

だが、それ以上にこの気持ちは抑えられないものだ。

「剛？」

自分の体温が上がっているのが確認できる。顔に血液が回り、赤くなっているのだろう。

「なんとも、思って、ない、なんて、俺は花園に好意を持っていて……、それで、それで

——、俺は好きだった華ちゃんと別れが辛くてリセットして、違う、それは幼稚園の記憶で……」

言葉が上手く出てこない。拳を握りしめていた。爪が皮膚に食い込む。リセットを握りつぶしたい気持ちが強く表れている。

……リセットをした過去はもう戻れない。

だから、泣くな。

自分が弱かったせいだろ？　なら取り戻せ。失くした感情を——

「剛、今はあんたはそれでいいの。私はいつまでも待ってるわよ。高校卒業しても、大人になっても、おばさんになっても、あんたの隣に私がいるわよ、ふん」

優しい言葉が俺の胸に深く突き刺さる。どんな痛みよりも耐え難い苦しみが伴う。

強い言葉とは裏腹に花園は俺の制服の裾を優しく掴んできた。

俺は本能的に花園の手を握った。

「駄目だ、そうじゃないんだ。そんなの花園が苦しいだけだ」

「……そっか、剛も人の心がわかるようになってきたわね。そうね、確かに待つのは苦しいわね。……。でもね、私は剛を信じているから」

「信じて、いる?」

「そうよ、あんたは私の幼馴染よ。ならしっかりしなさい!」

花園の匂いがする。匂いは記憶を連想させる。すべてを瞬間的に記憶できる俺だが、記憶の濃度というものがある。必要の無いものは通常薄くぼやけているものだ。花園との思い出はとてもはっきりとした色をなしている。

「花園、少しこのままでいいか――」

「ん、べ、別にいいわよ……」

手を繋いだまま俺達は帰路へと向かう。こんな風に歩いた記憶がある。俺はそれだけで苦しい日々を忘れられたんだ。リセットする必要はなかったんだ。俺が弱かっただけだ。

俺のアパートの前、俺と花園は顔を見合わせて同時に手を離した。

名残惜しい――

そんな事を思ってしまった自分に驚かない。それが感情というものだ。

「ふふっ、何度だって私は頑張るからねっ! てか、リセットくらいどうにだってなるんだから!」

その言葉は確信に満ちあふれており、まるで経験則を語っているように思えた。

ただ、月明かりに照らされた花園はとても美しいと思っただけだ。

閑話(かんわ)　藤堂剛小学五年生

「む？　何故(なぜ)この教室に俺(おれ)以外の児童がいる」

「あっ、こんにちは！　僕(ぼく)『島藤』っていうんだ。へへ、実は1個下なんだ。今日から同じクラスメイトだからよろしくね！」

「ふむ、俺は藤堂剛だ。今度ともよろしくたのむ」

「なんか変な言葉遣(ことばづか)い。ねえ、藤堂君は何ができるの？　僕は落ちこぼれでさ……、リセットが上手く制御(せいぎょ)できないんだ」

「なるほど、それでも島藤という名字は特別なものだ。きっと優秀(ゆうしゅう)な児童なのだろう」

「えへへ、藤堂君の方が特別だよ、僕たちの寮(りょう)で有名だもん。一緒に今日のテスト頑張ろうね！」

「問題ない」

友達ができた。よく笑い、よく泣き、感情が丸見えの男の子であった。あまりにも無防備過ぎる島藤の事が心配になってしまった。……俺は誰かを心配する事ができるんだな。

この出会いがエリのなにかの実験だとはわかっている。だが、そんなものはどうでもいい。

島藤の隣にいるのは心地よかった。非合理的な事柄も何か重要なものに見えてくる。

児童が段々と増えていった。異常事態である。こんな事は小学校生活初めてであった。

『※※』『※※』『島藤』『※※』『堂島』みんな仲良しの友達になれた。

このまま小学校を卒業できると思った。

六年生に上がる前の郊外学習の際のバスの移動時に襲われた。俺達、尖った才能を持っている子供を攫おうとする組織に。

バスは崖から落ち、輸送者であった大人たちが次々と倒れていく。それを見ても何も感じない。そんなもの日常茶飯事だ。しかしここまで最悪の状況は初めてであった。何よりもエリがいない。

「俺がどうにかする。その隙にみんな逃げろ」

「嫌、嫌、絶対離れたくない！　ここで藤堂君と離れたらもう二度と会えないもん！」

「なんだろうな、島藤たちと一緒にいるととても嬉しい気持ちになれた。……今までありがとう。俺はみんなの記憶を忘れるだろう。だから島藤たちが俺の事を覚えておいてくれ。今からリセットを――超える。ここから逃げ出してエリに連絡するんだ」

「やだよ……。藤堂、お腹に穴空いてるよ……。藤堂、血が止まらないよ。藤堂が死んじゃうよ……」

「そんな傷は筋肉でどうにかなる。『※※』が死にそうだ。それに『※※』の傷も深い。俺は友達が傷つくのをこれ以上見たくない。すまない、未来の俺を殴ってくれ」

「藤堂君っ!!」

だから、俺はリセットの限界を超えた――記憶と引き換えに――

そして、迎えた小学六年生。ポツンと一人で教室に座る。

問題ない。俺はいつでも一人ぼっちであった。だから、いつも通りだ。それなのに何故か寂しく感じられる。

教室の扉がガラガラと大きな音を立てて開けられた。なんとも騒がしい。二人の少女が立っていた。

「こんちは！　私、堂島あやめ！　こっちは堂島なつき！　今日から同じクラスだからよろしくね！」

「よ、よろしくです」

どこかで見たことがある少女の顔……。あれは幼稚園の頃の幼馴染の花園華？　しかし、こんなところにいるはずがない。瓜二つであった。

「ほらほら、挨拶してよね！　あはは、てか名前知ってるよ。藤堂君だよね？　あやめって呼んでね！」

「うぅ、男の子怖い」

「あ、ああ、君は少し距離が近いのではないか？」

『初めて』のクラスメイトたちに俺は戸惑うばかりであった。

第五話　藤堂剛の企業訪問

うちの学校の行事である企業訪問の日がやってきた。

他の行事には参加しない特別クラス生徒も今回は参加をする。通常クラスとは違う企業へ訪問するようであった。

主に勉強枠の人材が将来研究したい分野の企業を訪問する。企業側にとってはスカウト的な意味合いも強いらしい。

俺と田中は人生経験の一環として、普通の企業をみたかった。だから通常クラスと同じ企業に訪問する事にした。

待ち合わせは現地集合である。高校生なので、自主行動を言い渡されている。何かあったら学校に連絡する必要がある。

俺は駅前で田中を待っていた。

時間が時間だけに、他のクラスの生徒たちも駅前で待ち合わせをしている姿が見受けられる。生徒たちは緊張した面持ちで資料を読みながら雑談をしている。俺は企業訪問先の情報を全て頭に叩き込んでおいた。何が起こるかわからない。

俺達が向かうのは都心にある老舗の結婚式場。結婚式を通して様々な仕事があり、そこで働く人々と触れ合う事ができる。今日は非常に楽しみである。――田中と二人で……。

そうだ、今日は田中と二人っきりなんだ。

当たり前の事だ。田中と俺が一緒に行くと決めたんだ。何を焦っている？　何も動揺する事はない。だが、二人っきりで出かけるという言葉が俺の脳を刺激する。

俺はあの時、今みたいに田中を待っていた――

心の奥底に記憶とともに封印されたデートの日。

「よーっす!! 藤堂、おはよーー!!」

田中が笑顔で走って来た。

俺は田中の顔を見て――動揺してしまった。

「お、おはよう、田中。よし、行くぞ」

「え、ちょっと待つじゃん! あれ? 藤堂顔赤いよ? どうしたの? 熱?」

田中は俺の額に手を伸ばす。

俺は驚いて動けなかった。田中は俺の額に触る。手がひんやりとして気持ち良い。

「んーー、熱はないじゃん。大丈夫? 少し休んでいく?」

「も、問題ない」

田中の匂いがした。優しい匂いであった。俺は目を閉じて気持ちを落ち着けた。

「ちょっと、藤堂、寝ちゃ駄目だよ!!」

「む、す、すまない――」

田中の手が額から離れる。

俺はぬくもりが消えて少しだけ寂しい気持ちになった。

俺は頭を掻(か)きながら——何かをごまかした。胸が痛くなるのは気にしない。頭痛が激しくなるのは日常的な事だ。

俺たちは電車へと向かった。

電車にはめったに乗らない。乗る必要が無かったからだ。ホームで電車を待つ。

「ねえ、藤堂、何かデートみたいで嬉しいじゃん！　あっ、しかも制服デートじゃん!!」

「そ、そうなのか？　す、すまない、俺にはわからない……」

俺はタジタジである。今日の田中のテンションは高かった。記憶を無くしているからこれがどのような状態か説明できない。俺の心臓の鼓動(こどう)も速い。

「もう、イベントなんだから楽しまなくっちゃ!!　あっ、電車来るよ！　……げ、混んでそう——」

通勤ラッシュの時間と重なり、電車内はとても混んでいた。電車が止まり、扉から人が流れ出るように降りる。俺たちは流れこむように電車に乗った。

俺たちの目的地は信濃町(しなのまち)だ。それまでの辛抱(しんぼう)である。電車の中は予想以上の込み具合であった。席に座る事が出来ず、俺達は扉の隅(すみ)の辺りに追いやられた。

「た、田中、いつもこんなに混んでいるのか？」

「ぐぅ……電車じゃないからわからないじゃん……。苦しい……」

俺たちの近くにはサラリーマンとＯＬさんたちがいた。

みんな苦しそうである。

俺は田中が少しでも楽になるように、身体(からだ)全体の力を使い、押(お)し寄せる肉圧から守ろうとした。

その結果、俺は田中の身体を扉の隅で包み込むような形になってしまった。

両手は田中の顔の近くで支えている。

田中の顔は俺の胸辺りにある。俺は自分の顔が赤くなるのを感じた。

「と、藤堂、だ、大丈夫？　なんかすごく楽になったじゃん」

田中が俺の胸の辺りから上目遣い(うわめづか)いで俺を見る。

なるほど、田中はまつげが長いんだな。恥ずかしさを紛(まぎ)らわすように、俺は関係ないことを考えていた。

田中は無言になった。俺も何も喋らない。

いつしか田中は俺の胸に頭をポンッと置いた。その瞬間(しゅんかん)、俺の心の中の『スイッチ』した何かが暴れ出した。痛くて痛くてたまらない。全身が突(さ)き刺されたような痛み。だが、痛みは一瞬(いっしゅん)で田中から感じる温かさが俺の中の何かを溶(と)かしているような気がする。

不思議な時間であった。苦しいけど終わって欲(ほ)しくない。田中の重みが心地よい。

田中とは極力触れないように努力している。触れ合っているのは俺の胸と田中の頭だけである。

ドキドキしている胸の音が聞こえてないか不安になる。

変なところを触っていないか不安になる。

こんな時間が続けばいいと思った――

電車が駅で止まり俺達も一度ホームに降りる。再び電車に乗るとさっきよりも少し空いている。今度は支えなくても大丈夫そうだ。

「藤堂、ここに座るじゃん！」

「あ、ああ」

俺達は席に座る。田中は何故か俺の肩に自分の頭を置いた。――俺は再び田中を支えなければならなかった。

鼓動が速くなる……。こ、この状況は？？

「――あ、あれだよ。さ、さっきの続きじゃん」

俺は予想外の事態に内心あたふたしていた。

＊＊＊

　私、道場六花は将来結婚式場で働きたいと思っている。家は和食屋さんで、料理を食べて嬉しそうにしているお客さんを見るのが子どもの頃から好きだ。こんな笑顔を私も作ってみたいと思った。

　……いつからだろう？　私の性格が歪んじゃったの。いじめられているのを親にバレたくなくて無理して笑って、週末は何も予定が無いのに友達と遊びに行くって家を出て……。強く変わろうと思ってから何もかもうまく行かなくなった。

　調子に乗ってしまう自分が嫌だった。嫌な子になって行く自分が嫌いだった。私は私をいじめていた子たちと同じ風になってしまったんだ。

　人の心は強くない。ちょっとした悪意で心を傷つけるってわかっているのに、私はとんでもない過ちを犯した。

　企業訪問先の結婚式場、同じグループから少し離れて一人ポツンと立っている。クラスの女子と距離を感じる。一人は寂しくない。ただ……、孤立させられているのはいじめられていた時を思い出して苦しくなる。変な汗が湧き出てくる。

グループの女の子たちは時折私の方を見て笑っている。その笑い方は知っている。すごく嫌な気持ちになる笑い方なんだよ。

冗談のつもりがエスカレートしていく。強くなろうとした心が萎みそうになる。子供って本当に的確に人の気持ちが落ちる事を平気でやる。……仕方ないもんね、だって私もそうだったから。

深呼吸をして心を整えていたらグループの一人の女の子、燐ちゃんが私に近づいてきた。燐ちゃんは私達のグループのごく普通の女の子。

「六花ちゃんどうしたの？　暑いの？　汗かいてるよ？」

「燐ちゃん、おはよう。あはは、ちょっとね……」

「あっ、藤堂君がいるから気まずいんでしょ！　六花ちゃん青春してるね～、ははっ」

藤堂はついさっき、特別教室の女子生徒といっしょに待ち合わせ場所であるここに着いた。私は隠れたくなったけど、隠れる場所なんてない。

見られているわけではないのに、自分がどんな風に見られるか気になる。手の置き場さえもどうしていいかわからなくなる。何度も髪を弄ってしまう。制服の汚れを意味もなく払う。

強い心が必要なのに、弱い自分が……どうしようもなく嫌だった。

燐ちゃんの笑い声の質は以前とは違う。楽しくて笑っている感じじゃない。……バカにした笑い方に変わっちゃったんだよ。

こんな経験は初めてじゃない。同級生の態度が変わる、日常茶飯事なんだ。同じクラスで前はよく喋っていたのに、違うクラスになって廊下であっても挨拶もしない。学校って特殊な場所だと思う。男子から告白された事もあった。……いじめられている時だから嘘だと思った。振ったら次の日からその男子が私の陰口を叩いていた。

好意の裏返しが敵意になる、そんなのが日常なんて嫌だよ。

空気やグループが大事で、それなのに個人で話すと普通だったり……。私をいじめていた生徒も初めは仲良しだったんだよね。

私は頭を振る。今はいじめられているわけじゃない。自業自得なんだから。

「燐ちゃん……、笑いすぎだよ」

「え、だって今のカヨワイ六花ちゃんの方が可愛いもん！　きっと藤堂君もわかってくれるよ。私から言ってあげようか？」

正義感って怖いと思う。私は藤堂にひどい事をした。その過去は変えられない。……その事実を他人が利用して私を攻撃する。……すごく苦しいんだよ。

「……うん」

「てかさ、六花ちゃんって藤堂君の事好きだったから意地悪したの？　やり過ぎだよね～、ちゃんと謝ったの？」

「好き？」

すごく単純な疑問だった。私が藤堂の事を好き？　……なんで燐ちゃんが決めつけるの？

「えっ？　とぼけちゃって！　好きに決まってるでしょ！　やっぱり六花ちゃんって頭悪いよね～」

燐ちゃんの言葉はすごく高圧的だった。一つ一つに棘がある。もう私の事を友達として見ていない。教室カーストの下、自分の下、私は強い言葉を浴びせてもいい存在、そう思っている空気感がすごく伝わる。

「あっ、もう集合するみたいね。六花ちゃん、また後でね」

燐ちゃんは自分のグループの中へと向かう。ちょっと前までは私もそこにいたけど、もう存在しない。

一人立ち尽くす。悲しくなんて無い。だって私が悪いんだから。

視界の隅に藤堂の姿が入る。

燐ちゃんの言葉を思い出す。藤堂の事が好き。うん、確かに好きだよ。……でも、これは恋じゃない。教室で独りぼっちの藤堂を見て共感が湧いた。図書室での時間は私にとって素になれて落ち着ける時間だった。少し常識が外れた藤堂の面倒を見るのが好きだった。弟みたいな感じで可愛かった。

ただの依存だよ。私と同じ境遇を体験している藤堂を見て同情して依存して……。

　恋してるって言うのは花園や、藤堂の隣にいる田中さんって人の事を言うと思う。空気が全然違う。私の嫉妬と花園の嫉妬の質は違う。花園は本気の嫉妬だ。私は……仲間を取られたくなかっただけだ。

　藤堂の横にいる田中さんの表情を見ればわかる。……えっと、ちょっとあの子、異常に可愛すぎない？　ギャルっぽいけどすごく清楚に見える。私的には藤堂は花園と付き合って欲しいけど……。

　私は心の中でここにいない花園の応援をする。

——頑張れ。君が一番藤堂の事を知っているんだよ。だから、きっと大丈夫。

　藤堂は自然な笑顔で田中さんと会話していた。……あれ？　なんか顔が赤い？　やっぱり田中さんが可愛いから照れてるのかな？

　藤堂、顔変わった？　あんな顔だったっけ？　前はロボットみたいだったのにすごく人間的に見える。ちょっとした表情がとても豊かになった。

あとで笹身に聞いてみようかな。

「道場、遅れてるぞ、早くしろよ」

「へっ、大方藤堂のことでも見てたんだろ？　俺たちの事は眼中にないんだろ？」

「おい、お前ら、無駄口はやめろよ――そんなヤツに構うなよ」

同じ班の男子たちは私と視線を合わせずに吐き捨てるように言った。

知ってる。視線を合わせないと罪悪感が沸かないんだよね。モノと一緒だね。

私はコクリと頷く。

藤堂の変化を見たらなんだか元気が湧いてきた。……もう少し頑張ろう。

私は友達だと思っていた人たちの後ろを歩くのであった――

＊＊＊

結婚式場の鳳凰の間という小さめの宴会場で結婚式場の仕事についての説明を受けてから館内を見学する事になった。お客さんから見える場所だけではなく、この後バックヤードに移動して様々な仕事風景を見ることができる。

私達のグループは少しだけ騒がしかった。

「六花ちゃんって一途だからね～、バカやっちゃったね？　あのまま図書室の勉強会？　ははっ、笑っちゃ悪いね、あれを続けたら藤堂君と付き合えたかもね～」

「ていうか、カラオケで二時間待たせるって、俺止めたんだぜ？　頭おかしいだろ？」

「俺も気分悪かったぜ！　あ、やべ、お姉さんの話聞かなきゃ」

私は自分がいじられている時は無言でいる。嵐が過ぎるのを待つだけ。だって、本当の事だから。

私が馬鹿だった。だから……言われるのは仕方ない。言われるたびに、藤堂に申し訳ない気分になる。

傷つきそうな心は、勉強をすると忘れる事ができる。それにさっき藤堂を見て元気になったんだ。頑張って見学しなきゃ。

それでも、心の片隅では家に帰って勉強したいな、って思っていた。

引率の先生の隣にいる結婚式場の総務の社員さんが私達を見て苦い顔をしていた。

「今回は元気な生徒が多いね。何か質問はあるかな？　これから調理部に向かうよ」

藤堂と田中さんは最前列で真剣に話を聞いていた。実は私も質問をしたいけどこの状況だと後で面倒な事になっちゃう。出る杭は打たれる。……気にしなくてもいいと思ってもそこまで心を強くする事ができない。

「うむ、質問が――」

「ちょ、藤堂、質問多すぎじゃん⁉　ほ、ほら、次行こうよ！」

「そうか、ならば後でまとめて――」

藤堂と田中さんのやり取りを見ているとなんだかほっこりする。

知らぬ間に擦(す)り切れた心が安らぐ。

友達か……。

私の頭に思(おも)い浮かんだのは……笹身であった。

人を小馬鹿にしたお調子者の彼女(かのじょ)だけど、藤堂と真剣に向き合おうとしている。私はその姿に勇気づけられた。

「おい、あいつまた藤堂見てんぞ？」

「カラオケ行きたいんじゃね？　今度は何時間待ちだ？」

「ちょっと男子やめなよ～、六花ちゃんだって反省しているんだからさ～」

その声は真剣味(しんけんみ)のかけらも感じられなかった。明らかに私を見下している雰囲気。……

それでも私は。

「う、うん、ごめんよ。先に進もう」

「あん？　お前に言われなくてもな」

「道場は黙ってろよ」

「燐ちゃん行こうぜ！」

自虐をしたいわけじゃない。自分をかわいそうと思いたいわけじゃない。自分がした行為を考えると仕方ない事だと思える。

──だけど、元気になった心が沈んで行くよ……。藤堂、どうすればいいの？

私は笑顔で田中さんと話している藤堂を盗み見た。

だって、見つめちゃうと馬鹿にされるから──

＊＊＊

昼休みは社員食堂で食べる事になった。

「六花ちゃん、また和食なの？　いつも渋いね～」

「う、うん。和食の方が落ち着くからね」

眼の前の席にいる燐ちゃんに話しかけられると心臓がドキリと跳ね上がる。冷静になろうとしても難しい。藤堂みたいに心が強くなれない……。

「ふーん、六花ちゃんのお父さんって有名な板前さんだもんね。あっ、だからわがままになっちゃったんだ？」

「あ、ははは っ……」

苦笑いしかできない。

美味しいはずの料理も味を感じない。

友達と食べると美味しいはずなのに。教室では一人で昼食を食べている。食べ終わるとすぐに図書室へと向かう。味気ないけど、まだ美味しく感じられた。

「――あっ、ここが空いてるじゃん！ 隣いい？」

「えっ……」

私の隣の空いている席に田中さんが座った。田中さんの前には藤堂が席に座る。私は俯いて顔を上げられなかった。顔を上げたら藤堂と目があってしまう。

「やはりここの社員食堂は栄養を考えられて作られているな。素晴らしい」

「そうなの？ 美味しそうだからいいじゃん！」

私は石像のように固まってしまう。

嫌な空気を感じる。元カースト上位にいたからわかる。立場が変わっても空気を読む力は変わらない。グループのみんながニヤニヤと嫌な笑みを浮かべていた。

男子生徒が藤堂に話しかける。元々同じクラスだったから不自然ではない。

「おいおい、藤堂、道場の前でいいのかよ？　また待たされちゃうぞ？」

「そうだぜ、カラオケ行きたかったんだろ？」

「勉強教えろって言われっぞ？」

うちのクラスの大半は藤堂に対して悪い感情を持っていない。藤堂が不器用なだけ。佐々木さんのおかげでそれが判明できた。

……この男子たちは違う。カラオケの件もあるけど、彼らは藤堂の事を……自分より下に見ている。カラオケにも行けないボッチな生徒。それが彼らの評価だ。

嫌な空気をどうにかしたいけど、今の私にそんな力はない。

ただ唇を噛み締める事しかできない。でも――、どうにかしなきゃ。

「やめなよ～、六花ちゃんが気にしちゃうでしょ？　それに、藤堂君は特別クラスなんだからさ、もっと仲良くなろうよ」

「おっ、そうだな。藤堂、カラオケの時は悪かったな！」

「道場に言われて仕方なくな。だから、仲良くしようぜ」

自分の鼓動がドクンドクンと聞こえて来る。

私は深呼吸をして顔を上げる。彼らを止めようと喋ろうとした時――

藤堂が首をかしげた。

そして、グループの生徒たちを見てから私を見つめていた。藤堂の目が少し見開いたような気がした。それはすごく人間的な仕草だった。……怒ってる？　なんで？

「──失礼。君たちは……俺の知り合いか？　すまないが認識していない」

田中さんの表情が印象的であった。

藤堂を信頼して見守っている。すごい……同い年なのにあんな顔できるなんて……思わず見惚れちゃう。

「はっ？　藤堂何言ってんの？　特別クラスに移動して調子乗ってんの？」

「おい、やめておけよ。ったく、藤堂だって道場の事嫌いだろ？　だったら俺たちとイジろうぜ──」

「やめ──」

男子はそれ以上言葉を続けられなかった。

藤堂の目だ。生き物を見るような目つきじゃなかった。全身が凍りつく。

「──何故俺が道場を嫌う必要がある。あのいざこざは君等には関係ないはずだ。どうやら俺はここでは歓迎されていないようだな。田中、あっちへ行こう」

「うん、いいじゃん」

前の藤堂と違う、何が違うか説明できないけど違う。

心臓がバクバクする。藤堂の感情っていうのを初めて感じたかも知れない。

……この後、私は腹いせにイジられると思う。うん、藤堂が嫌な気持ちにならなかったらそれでいいやって思えた。

その時――たどたどしい声が聞こえてきた。

「み、道場、見たところ友達と一緒ではないようだな。……花園の話では友達はいると聞いたが？　まあいい。一つ提案がある、一緒にあちらへ移動しないか？　ここの社員さんに色々話を聞こうと思っている。普通に生きる上でのヒントになるかもしれないからな」

初めてあった時の初々しい藤堂みたいだった。胸がきゅっと締め付けられる想い。

私は心の中で泣きそうになってしまった――

私は周りを見渡した。

苦々しい顔をしてる男子生徒たち。

面白くなさそうな女子生徒。

みんなの心の声が聞こえてくる。

――あんだけひどい事したのに行くのか？

――利用したいだけでしょ？

――行ったらもっとイジってやるよ。

――今は私の方がカースト上位よ。

私の心が揺れ動く。だって、私はテストでトップになってから藤堂に顔向けできると思って――だから、まだ――

田中さんが私の背中を叩いた。

「ほら、暗い顔してないでいくじゃん！　藤堂だって勇気を出したんだからさ！　あっ、みんなまた後でね!!」

「あ、え、わ、私」

「道場さん借りるよ？　みんな仲良くね！」

みんな田中さんの笑顔に見惚れてしまった。誰もが毒気を抜かれてしまった。

私は深呼吸をする。

「ふう……うん。燐ちゃん、行ってくるよ」

「ん、またね～。六花ちゃん良かったね。ははっ、もう帰って来なくていいよ」

その一言が私の心を抉る。――でも、私はもっと強くなればいいんだ。

「うん、しばらく一人で頑張るよ。ありがとね」

「はっ？　六花ちゃんボッチになりたいの？」

「そうだね、カーストとかうんざりだよ。私はクラスで地味に過ごすから」

「マジで？　六花ちゃん冗談だって～、てか私達『友達』でしょ？」

「今までわがままでごめんね。もう君に迷惑かけないよ」

「……あっそ、ならいいわ」

ちょっとの選択肢の間違えでいじめに変わるって私は知ってる。みんな周りに流される子供だからだ。でも他人の声を気にしちゃ駄目なんだ。……藤堂みたいに心を強く——

藤堂と田中さんが私を待ってくれている。

私は顔を上げて——ちゃんと前を向いて歩き出した。

第六話　道場六花と藤堂剛の企業訪問

俺にとって人付き合いはとても難しいものだ。俺以外の全ての人間はみんなうまくやっていると思っていた。周りが見えていなかっただけだ。

知らない人間が押し込められた教室。軋轢が生まれないわけがない。悪人も善人もいない。そこにいるのは何も知らない未熟な生徒たちなんだ。

以前はわからない事が少しだけわかってきた。俺達が回っているグループからあまり良い空気を感じなかった。道場がとても寂しそうに見えた。周りにはクラスメイトがいるのに。

俺には関係ない。そんな言葉はあまりにも寂しすぎる。

寂しいのは悲しい。悪意の無い悪意を浴びせられている笹身を見たくなかった。

リセットしたはずなのに――

「ね、ねえ。本当に私がここにいていいの？」

「うん、当たり前じゃん！　あっ、私田中波留！　特別クラスで藤堂と同じ教室なんだ」

「あ、うん、私、道場。よ、よろしく」

「ご飯食べよ！」

道場が小動物のように小さくなって頷く。やはり道場の事が心配になる。……だが、何を話していいのやら。俺は黙々とご飯を食べる。道場も田中の質問に返事をしながらご飯を食べる。

「道場は和食か。ふむ、随分と所作が綺麗だな」

「そ、そう？　……ふ、普通だよ。親が料理人だからかな……」

「そういうものか？　普通の基準がわからないが、見てて気持ちの良いものだ」

「うん……ありがと。あ、あのさ」

「どうした」

道場の言葉は続かない。何を言いたいか予想は付く。俺は道場を『リセット』した。道場に対する温かい感情など無くなってしまった。

……矛盾している。俺は道場が悲しそうだと思った。自分も寂しい気持ちになったんだ。頭が痛くなる。だが、そんなものどうでもいい。

——矛盾など貫けばいい。

「だ、大丈夫？　その、君、少し調子悪そうだから」

「む、問題ない。そんな事より道場もこの結婚式場に興味があったのか？」

道場は意外と鋭い感性なのかも知れない。俺は平常心を保っているが、あのリセットした日から時折身体が激痛に蝕まれる。それが今の俺にとっての普通の状態だ。

「うん、人が笑顔になる、仕事だから。素敵だなって思う。私には——、私な——。ううん、いつか、そんな風に——」

道場は何かを必死で堪えていた。それが何か俺にはわからない——なんて言わない。今、眼の前にいる道場は泣き言を俺に言おうとしていた。

——私が悪いから、私のせいだから、私が駄目だったから、私が意地悪だったから、私なんて、私が、私が——

相手の目線、眼球の動き、汗の量、匂い、鼓動の速さ、肌の状態。それらの情報が俺の脳に集まる。

なんて事はない。俺に心配をかけたくないだけだ。

自虐的な言葉で精神防衛を図り、相手から安心する言葉を投げかけられるように仕向ける。子供にとってごく当たり前の事だ。だが、道場はそれをよしとしなかった。

道場は前に進もうとしている。俺と一緒だ。

何かに堪えている歪んだ不器用な笑顔がその証拠だ。

「ふむ、この唐揚げ食べるか？　鶏肉は体力回復に丁度よい。身体は心に直結している。遠慮するな」

「え、ええ？」

「藤堂、女の子はそんなに一杯食べられないじゃん！　道場さん無理して食べなくていいよ」

「ふむ、花園ならぺろりと食べるであろう」

「華ちゃんは……、そのいいの！　てか超ウエスト細いんだよ！」

「田中もそうではないか。非常にスリムだ」

「うぅ、わ、私の事はいいの！　華ちゃんが素敵って話なの！」

道場は俯いてしまった。田中は何も言わない。なら俺も言葉は必要ない。

「……ご飯、美味しいね。みんなと、食べるご飯って、美味しいんだよね。あ、ははっ、君は本当に、優しくて参って、しまうよ」

別に俺は優しくない。本当に優しかったら、リセットなど……しなかった……。

＊＊＊

「あ……、戻らなきゃ……」

昼食が終わると午後の見学が始まる。俺と田中は特別教室のグループを組んでいる。道場はあのクラスメイトたちと同じグループだ。といっても人数が少ないからほぼ同じ行程となる。

道場の顔色は悪かった。だが、目には力が入っていた。

あのグループに戻るという事はまた意地悪な事をされるのであろう。あれと同じ空気感を俺は味わった事がある。

なら――俺はどうする？

「道場、クラスの班が苦手なら俺達の班と一緒に回るか？　どうせ一緒のグループだ。問題ないだろう」

道場は虚を衝かれた表情を俺に見せた。それも一瞬。歯を食いしばって堪えている。

「う、ううん、とても嬉しいけどそれは止めておくよ」

「そうか」

「田中さん、藤堂、ありがとう」

道場は俺に手を振って、クラスメイトの下へと帰ってしまった。

これが正しいかどうか俺には判断がつかない。

背中を向けて歩く道場の先には元クラスメイトたちがいる。あまり好きではない笑みを浮かべている。

道場は俯いていない。真正面から元クラスメイトたちと向かい合っていた。

俺と田中はその後ろを歩く事しかできなかった。

「なあ、田中。友達って難しいな。だって、少し前まで道場さんは友達に囲まれていた。今はその友達から見下されている。それって普通の事なのか？　俺は自分が馬鹿にされてた中学時代を思い出してしまった」

普通の生徒でさえ人間関係に苦労しているんだ。俺には学校というものは高難易度過ぎたのであろう。

それでも足掻くしかない。失敗して、失敗して、学習して――。リセットはしては駄目だったんだ。人の心がわからなくなるんだ。

「そうだね……。自分よりも下がいるってわかると安心するんだよ、みんな。優越感っていうのかな、すごく単純な理由なの――」

「単純な理由？」

「うん、『面白いから』それだけじゃん……。人を見下して楽しい、自分よりも勉強出来なくて楽しい、私の方が可愛い、あいつよりも俺の方がモテる。他人を通して自己肯定をしてるじゃん。……道場さんはクラスの人気者だったでしょ？　一気に株が落ちちゃって……それを面白いと思ってる人もいるの」

「そう、なのか？」

――俺は衝撃を受けた。そこまでとは思わなかった。これなら南仏で監禁されていた時の方が学校生活よりも難易度が低いではないか。

何故俺を馬鹿にしていたのか、その理由がわかったような気がした。

中学の同級生も、バイトの同僚も、みんな面白がっていたのか……。

あれは胸がチクチク痛む。嫌な気分になる。だから昔の俺はリセットを繰り返した。その痛みを消すために。

道場は普通の女の子だ。あんな痛みを——

いや、まて？

「田中、まさかこれは……普通の事なのか？　この世界にはそこら中でこんな事が溢れているのか？」

「……うん、みんながみんな、藤堂や華ちゃんみたいに優しくないじゃん。本当に難しいよね……」

田中は力なく頷いた。

「そうか——、ならば、俺が道場を助けようとしたら——」

「部外者が突っ込んだら余計拗れちゃう。さっきの藤堂の誘いに道場さんが付いていったらエスカレートする可能性があったじゃん。だから道場さんは自分で解決しようとしてるんだ」

「なるほど、理解した。俺は見守る事しか出来ないんだな」

頭では理解出来た。だが、胸にはモヤモヤが広がっていた。あまり感じた事のない種類のモヤモヤだ。理不尽な事は沢山あった。

「藤堂さ、帰りに華ちゃんとカフェに行く約束してたじゃん。もし藤堂が大丈夫なら道場さんも誘う？」

何かの小説で読んだ。別のコミュニティと仲良くなる事によって、違う刺激を感じられて、ストレスが軽減される。

確かに俺と道場とはいざこざがあった。だが、それは過去の事だ。お互い未熟な子供だったんだ。胸に手を当てて考える。高速思考ではない。自分の気持ちを探るんだ。

……道場が傷ついている姿を見たくない。図書室で俺と笑い合っていた時の道場に戻ってほしい。

「誘おう」

短い返事に自分の想いを込めて――

「良かった。ふふっ、藤堂優しい顔になってるよ。笑顔が一番だよ」

む、俺も笑っていたのか？

田中がそう言うならそうなんだろう。気持ちが少しだけ晴れやかになった。

「む、あのグループの前では言わない方がいいのか？」

「うん……、そうだね。私、道場さんの連絡先知らないじゃん。華ちゃんは？」

「花園と道場はそこまでの仲ではなかったはずだ。一応確認するが知らないであろう」

「あれ？　藤堂って道場さんと図書室で勉強会してたんだよね？　なら知ってるんじゃん？」

「……な、に？」

俺はスマホをポッケから取り出す。道場と連絡を取り合っていた……。そんなような記憶もある。記憶の色が薄い。

スマホのメッセージ欄を見ても道場の項目はなかった、はずなのに――

「あっ、それ道場さんじゃん！　あはは、肉じゃがのプロフィ可愛いね」

「……田中、俺は道場の連絡先を知っているのだな」

「うん？　ここにあるじゃん」

『認識』ができない。俺にはそんなものが見えなかった。そして道場から感じた寂しさや悲しさ、心配と親愛が入り混じった新しく芽生えた感情が急速に消えていく。

不可逆的な『リセット』。常識では測れない能力。

高速思考で頭の中に流れる道場との景色。それは図書室であったり臨海公園であったり、教室であったり――

「田中、すまないが手を握ってくれないか？」

「え、ええ⁉　う、うん。いいけど……」

田中は理由も聞かずに手を握りしめてくれた。

なんだろう、それだけで俺は強くなれる気がした。だから――

全身に襲いかかる耐え難い痛み、そんなものどうでもいい。俺はもう後悔しない。そのために――

『スイッチ』を切り替えた――

その瞬間、激情が胸の奥を焼き尽くす。脳が本物の炎の熱として認識する。だが、こんなもの幻想だ。本当の炎の熱さはこんなものではない。

俺はもう片方の手でスマホを見つめる。

目から何かが溢れてきた。滲む視界の先には――認識できなかったものがある。

道場のメッセージ。俺が返信せずに放置したものが見えた。

胸が締め付けられる。消えそうだった感情の波が穏やかなものに変わる。

『藤堂、返信はいらないよ。今までごめんね、あと、ありがとう。藤堂のお陰で目が覚めたよ。君は花園と幸せになってね、バイバイ』

俺は今初めて道場とのメッセージを認識する事ができた。

「――――っ」

荒ぶる感情を本能が矛先を変える。リセットするのではなく、自分の胸に突き刺す。心の痛みが俺の中でガラスのように割れた。

「……うむ、確認できた。後ほど連絡しよう」

「藤堂……、少し休もうか？」

「いや、大丈夫だ」

田中が心配そうに手を握ってくれ続けていた。俺はそんな田中を見て——罪悪感が広がる。認識していなかったのは道場の連絡先だけではない。

「田中、この写真は……、その、とても素敵だな」

「あっ、この前貼ったヤツじゃん！　へへ、リセットしても覚えてくれたんだね。ありがと……」

田中と俺の二人が笑顔で写っている写真。それがスマホに貼り付けてあったのだ。俺はそれを今この瞬間『認識』した。

＊＊＊

午後の時間、俺達は白衣を着用して調理室を見学し、その後小休憩を挟み再び館内へと向かう予定だ。俺は休憩時間を目一杯使って道場に送るメッセージを考えた。

『道場、どうやら俺はメッセージを認識していなかったようだ。すまない。それとは別件だが提案がある。企業訪問が終わったら俺と花園、田中の三人でカフェに行く。道場も来ないか？』

言葉という物はとても難しい。間違えると人を傷つけてしまう。俺はこの短文を書くために非常に時間がかかった。

田中は何も言わず隣にいてくれる。それだけで心が落ち着く。……過去の俺もそうであったのだろう。

写真は認識できたが、やはり田中の記憶にはない。だが、俺の中で確実に変わったものがある。

それは――

「藤堂、終わった？　へへ、きっとすぐに返事来るよ！　みんな移動したから早く行こ！」

「そうだな、後は待つだけだな」

頭で考えすぎない方がいい。記憶と失くしたとしても、今はこの感情に本能で身を任せてみよう。

俺達は小休憩を終えて館内へと移動するのであった。

館内はブライダルフェアというものを開催していた。今日は平日のブライダルフェアという事もあり、お客さんがそこまで多くない。企業側も見学に来た俺達を案内する余裕があるようだ。

「――通常ならブライダルフェアは土日に行います。ですが、土日も働いているお客様のために平日にも開いているんですよ。館内ですのであまり騒がないで下さいね。あっちはウェディングケーキがあって、向こうにはドレスの展示もあります。――」

引率の職員さんの指示に従って俺達は順番に見学する事となった。

ウェディングドレスでは田中が大はしゃぎであった。

「藤堂、これすっごいよ！　うわぁ、あのドレス着てる人超綺麗……。モデルさんかな……？　ん？　なんか藤堂の事すっごく見てるじゃん」

「む、確かに視線が合う。だが、俺の知らない人だ。それに田中の方が綺麗ではないか」

「ちょ、それは言い過ぎだって……」

「いや、事実である」

モデルの人は俺を見つめていた。俺の知らない人だ。だが、彼女は俺を見て一瞬はっとした顔になったのを確認している。

今は仕事に集中しているのかモデルさんは完全に感情を消している。……関係者か？

あそこまで見事に感情を消せるものなのか。いや、モデルという職業の特性だろう。

「それにしてもとてもヒラヒラした服装だ。動きづらそうである」

「もう、藤堂は女の子のロマンがわかんないじゃん！　あれはね、とっても大切な人と大切な日に着て、一生の約束をするんだよ」

「……一生の約束。それはとても重たいものだな」

「だから違うじゃん⁉　とってもいい事だよ。結婚って知ってるでしょ？」

「ああ概念としては知っている。大切な人とずっと一緒にいる事だな。……俺の両親はそうではなかったからあまりわからないんだ」

「そっか、なら藤堂は将来結婚して幸せになるんだよ。絶対じゃん、約束だよ」

俺の隣にずっといる人……。

想像したのは花園と田中であった。そう思っただけで俺の体温が上昇した。顔が赤くなっているだろう。何故か恥ずかしいという感情が浮かんだ。

「う、うむ、みんなケーキの方に移動しているぞ。田中、行こう」

「あっ、ちょ、待つじゃん！　藤堂顔赤いじゃん！　へへ、なんかすっごく自然でいいね」

「そうなのか？」

「そうじゃん！」

ウェディングケーキの前でみんな写真を撮(と)っていた。ふと、周りを見渡すと道場が独りぼっちで立っていた。

スマホを握りしめている。その視線の先はウェディングケーキであった。

不思議な表情だった。悲しさと嬉しさと罪悪感が入り混じった顔。何かを堪えている。そうだ、道場は俺に言った事がある。『泣いている女の子が嫌(きら)い』『涙(なみだ)を武器にする女の子が大嫌(だいきら)い。だから、自分が一番嫌いなのさ』。

道場は唇を噛み締め、まっすぐにケーキを見つめている。その姿に何か感じるものがある。とても人間的で美しいモノを見ている気分だ。

次の瞬間、道場は一呼吸をして顔つきが一変した。道場の中でどんな変化が起きたかわからない。だが、確実に何かが変わった事がわかった。

「藤堂？」

「うむ、問題ない。田中、どうやら試食ができるようだ。俺達も試食をしていいのだろうか？」

「職員さんに聞いてみるじゃん！　すっごく美味しそうだね！」

その時、俺のスマホが震(ふる)えた。

「あっ、道場さんから返事？　どうだった？」

道場からのメッセージは『私も行きたい』だけであった。その短い文章に何かが込められている。無機質なメッセージに道場の感情を乗せているように感じられる。

「大丈夫だ、みんなでカフェに行こう」

「へへ、やったじゃん！」

＊＊＊

……試食の際に、田中は俺にケーキを食べさせようとした。恥ずかしくて俺は逃げ惑った。

頭の片隅では、何故こんなにも田中は強いのだろう、と思っていた。

花園もだ。俺は彼女たちをリセットした。俺は見捨てられてもおかしくない行為をしたんだ。

そんな花園は今日は別の企業に訪問している。

なんだろう、会うのが少し恥ずかしい。

長いようで短かった企業訪問が終わりを迎える。とても有意義なイベントであった。将来の事か……。あまり考えた事がない。洋食屋さんのアルバイトでも思ったが、料理をしているシェフたちがかっこよく見えた。

そういえば洋食屋さんのシェフには感謝しなくてはな。

『あの日』、エリからの依頼で、シェフの娘さんを助けなければシェフとの出会いはなかった。シェフと出会わなければ田中とバイト先で一緒になる事はなかっただろう。

……出会いというのは不思議なものだ。縁が縁を結ぶ。

「ねえ、藤堂、今日のカフェは新宿のルミネでいいんだよね？」

「うむ、現地で待ち合わせにしてある。花園は新宿のゲーム会社に企業訪問しているからな」

道場にはカフェの詳細場所をメッセージで送ってある。話しかける機会はなかった。本当なら一緒に新宿へと迎えばいいのだろうが、道場は現地に直接向かう旨を俺に連絡した。

……きっとグループのクラスメイトとの兼ね合いがあるのだろう。

俺と田中は今朝と同じように二人で電車に乗るのであった。

「波留ちゃん！　やっと会えたね！　どうだった？　楽しかった？」

信濃町から新宿まではすぐだ。今回は混雑もない。それに駅と直結しているビルだからすぐに場所がわかった。

花園が先にカフェの前で待っていた。俺達を見て嬉しそうに手を振ってくれる。

新宿は迷路のように非常に複雑な土地になっている。中学の時、花園と新宿にお出かけした際に新宿の土地について頭に叩き込んである。しかし、それも今回のためにアップデートしなければならないほどの変化が新宿にあった。……東口の歓楽街には注意しなければいけない。

「華ちゃん、超楽しかったじゃん！　藤堂ったら質問すごくて職員さんがタジタジだったじゃん」

「うん、想像つくね……」

「滅多にない機会だからとても有意義に過ごせた」

「剛よかったわね。ん、あれ？　道場も来るんじゃなかったの」

「うん、ここで待ち合わせじゃん。私達は先に出たけどもうすぐ来るんじゃないかな？」

花園たちと店の前で喋りながら道場を待つことにした。だが時間が過ぎても道場が来ることはなかった。

「剛、一旦店に入って待つ？　……てかさ、連絡も来ないしさ。何か用事があったんじゃないの？」

「そう、だな。……少し考えさせてくれ。既読が付かないのはおかしい。スマホが大好きな道場なのに」

花園は俺の事を心配してくれているのだろう。カラオケで俺が待ちぼうけにされた事件を。あの時の道場と今の道場は違う。何が違うか説明が難しいが、きっと大丈夫なはずだ。ならば俺から行動するまでだ。

俺は高速思考を発動した——

今、道場が何をしているのか？　今、道場がどんな気持ちなのか？　今、道場はどんな目にあっているのか？

第七話　六花の誇り

「ね、ねえ、返してよ！　や、約束したから行かなきゃ‼」

私は失敗した。藤堂からのメッセージが嬉しくて、にやにやしながら見返してしまった。

燐ちゃんが私のスマホを奪い取った。

スマホだけじゃない、男子生徒が面白がって私のカバンまで奪い取った。

私の前に立ちふさがるようにグループのみんながいる。スマホを燐ちゃんから取ろうとしてもみんなが邪魔をする。

「へーー、私達に内緒でお茶しに行くんだ〜。良い身分だね？　あっ、私達もこれからカラオケ行くんだ〜、もちろん六花ちゃんも一緒に来るよね？」

「お、カラオケいいね」

「予約しとくわ」

「ていうか、藤堂の約束なんて、また破ればいいじゃねーか」

もう何十分こんなやり取りを繰り返したのだろうか？　早く電車に乗らないと約束の時間に間に合わなくなっちゃう。藤堂に迷惑をかけたくない。私の心は何か重たいものに縛られる。

みんな、私が焦っているのを見て面白がっている。醜悪だった。まるで自分を見ているような気分。

面白いってなに？　なんで人が嫌がっている事を面白がるの？　ううん、わかってる。自分がそうなりたくないからそっち側にいるだけ。

——藤堂たちが待っているのに……また嫌な思いさせちゃう。

どうにもならない苛立ちが言葉に現れる。

「燐っ！　いいかげんにしてよ。君はもっと優しい子だったでしょ！」

燐の顔から苛立ちがはっきりと見えた。それと同時に怯えの色が見えた。

「はぁっ？　六花ちゃん、立場わかってる？　あんた教室で底辺なんだよ。弄ってあげてる私達に感謝してよね。あっ、馬鹿だから理解できないか〜」

「ハハッ！　道場は頭わりーからな」

「ていうか、早く行くぞ」

「予約オッケーだってさ、ちゃんと道場も入ってるから安心しな」

「べ、別にやり過ぎじゃねえよ。俺達、道場とカラオケ行きてえだけだもんな」

唇を噛み締める。なんで、話が通じないの？　頭に血が上りそうになるのをこらえる。ここで癇癪を起こしたら明日から本格的にいじめられると思う。あれは……、もう嫌。

悔しくて俯いていた私は顔を上げて、空を見上げた。

……ううん、違う。


——藤堂との約束を破る方がもっと嫌。

スマホなんてどうでもいいんだ。

カフェの名前は覚えている。新宿はあんまり行かないけど、スマホなんてなくても大丈夫。お財布もいらない。お茶はしない。どっちにしろ、私はまだ藤堂と仲良くしちゃ駄目なんだ。

多分みんな先にカフェにいるはず。だから、私はとにかくカフェにたどり着いて、みんなには用事があって一緒にお茶できない事を伝えられればいいんだ。

目的が私の心を強くする。強くなった心が私に力を与えてくれた。

「ちょっとどこ行くのよ？　あんたの分までカラオケの予約してるよ～。約束破るの？」

「約束？　そんなもの約束じゃないさ」

「へぇ～、じゃあ行っていいけどさ……、明日から六花ちゃん気をつけてね」

学校でイジメなんて日常茶飯事だ。イジメている側は面白がっているだけ。イジメられている側は……終わるのをひたすら待つだけ。

あれは心が破壊される。

それでも――、私は燐ちゃんの手を振り払った。

燐ちゃんの怯えの色が濃くなる。

「ちょ、ちょっとなんなのよ……。六花ちゃんと私は『友達』でしょ？　どうせ藤堂の事は一度裏切ってるからいいじゃん。罪悪感も感じないでしょ？」

燐ちゃんは自分を映している鏡みたいだった。

「そんなわけないよ！　約束を破りたくないんだよ！　――そんなの……本当に『友達』なの？　私――もう二度と――」

「あっ⁉　な、なにそんなにマジになってるのよ！　じょ、冗談だって、べ、別にイジメないって」

私は燐ちゃんを振り切って全速力で走り出した。

明日からイジメられても関係ない。今、この瞬間が一番大事なんだ。

「はぁ、はぁ……。、はぁ、はぁ、藤堂、ごめん……」

足が全然前に進んでくれない。四谷三丁目を抜けて大きなビルの間を走り続ける。息が苦しい。喉が痛い。

身体が悲鳴を上げている、泣きたくないのに涙が出てきそうになる。誰も見ていないから泣いてもいいのに――

私は制服の袖で顔を拭う。

泣いてる場合じゃない。今は少しでも早くカフェに向かわなきゃ。

「あっ」

新宿三丁目の標識を見たら段差で転んでしまった。身体がアスファルトに打ち付けられる。

体中が痛い。痛みを無視しようとするけど、足が震える。

膝が擦れて血が出ている。受け身を取ろうとした手から血が出ている。

後ろから慌てた声が聞こえてきた。

「だ、大丈夫か？　傷は浅いぞ。た、立てるか？　よくわからんが頑張れ」

「は、はい、ありがとうございます。急いでるんで……」

長髪の知らない男の人が私を助けようとしてくれた。お礼だけ行って私は再び走り出す。

痛くない。痛くない。それよりも心が痛い。約束を破ってしまう自分が嫌いになる。

「はぁはぁ……、痛くない……、大丈夫、御苑だからもう少しで新宿……。南口だからもっと先……」

足を一歩前に出す度に身体が悲鳴を上げる。身体の痛みが心を抉ってくる。

それでも、それでも——

私すごく遅い。……走るのは笹身が専門でしょ？　笹身元気かな？　練習頑張ってるかな？　藤堂とカフェ行く約束したって言ったら怒るかな？　笹身も誘えば良かったかな？

痛みで考えがまとまらない。

すでに歩いている速度と変わらない。でも、足は前に出せる。だから諦めちゃ駄目。みんなに謝らなきゃ。なんて言おう。なんて謝ろう。スマホを持ってないの変に思われないかな？

頭に酸素が足りてない。行き交う人から好奇の目で見られている。

そんな時浮かんできたのは藤堂と過ごした図書室での日々だった。不器用な藤堂をからかうのが楽しかった。勉強を教えてくれる藤堂が頼もしかった。常識がない藤堂の面倒を見るのが好きだった。私だけ知ってる藤堂の顔。優越感に浸っていた――

「う、ううぅ……うぅ……」

泣いちゃ駄目。もう泣かないって誓ったんだから――

それでもまた約束を破ってしまった罪悪感と後悔が胸からこみ上げてくる――

夕暮れだったのに辺りは暗くなってしまった。

諦めそうになる身体を無理やり動かそうとする。足が急に止まってしまった。もつれた足が絡まって地面にへたり込む。もうすでに怪我をするような速度でもなかった。動かない足を何度も叩く。

「なんで動かないの……。立たなきゃ。謝らなきゃ……。……ん、あっ――」

立ち上がろうとした時にめまいがして、頭が真っ白になってしまった。

自分の身体が前のめりに倒れていくのを感じるのに、身体が言うことを聞かない。

まだ、諦めちゃ駄目。私は藤堂と――

硬いコンクリートに倒れるはずが、温かい感触に止められる。誰かが私の事を受け止めてくれた。

私は力を振り絞って、その人の身体にすがりつく。

「あ、ありがとう……、ございます。わ、私、行かなきゃ……。みんなを……」

「その必要はない。ふむ、予測どおりだった。しかし、怪我は予測外ではあるな。打撲、擦り傷、それに貧血……」

「な、んで、ここに？」

頭が混乱する。カフェはここからかなり離れている。藤堂たちがいるわけがない。なのになんでいるの？

花園と田中さんも藤堂の後ろからやってきた。

「はぁはぁ、会えてよかったじゃん！　超心配したよ」

「ふぅ、これで一安心ね。剛、よく道場の居場所わかったわね。てかそんな事言ってる場

合じゃないわね、病院行く？」

必死に堪えていた感情が溢れ出しそうになった。藤堂の身体にすがりつきたい気持ちを殺す。

「だ、大丈夫。花園、君は大げさなんだよ。少し擦りむいただけさ。ほら、もう立てるよ」

絶対泣いちゃ駄目だ。私は身体の全ての力を使って起き上がる。藤堂と向き合う。……ずっと怖かった。私が藤堂にしでかした事を思うと……。それでも、ちゃんと藤堂と向き合わなきゃいけない。

言いたかった言葉がすっと出てきた。

「私、また遅れちゃって、ごめんなさい。私、バカだからスマホとバッグを失くしちゃったんだ。せっかく誘ってくれたのにカフェに行けないって言いたくて……。それを言いたくて……、言いたくて……私」

スマホがあればすぐに連絡ができた。バッグがあれば電車に乗れた。燐ちゃんにスマホを奪われなければよかった。藤堂に意地悪しなければよかった。全部、自分の選択のせいなんだ。

だから、バカな私が全部悪いんだ。

私と関わらない方がいい――、そう言おうとした言葉を飲み込んだ。その言葉は言っちや駄目だ。藤堂は『関わらないのは寂しい事だ』と言ったじゃない。冷たい答えが来ないのをわかっている。ただの自己満足で相手に心配してもらいたいだけで、必要な言葉をかけてもらうために弱さを見せているだけだ。

お腹に力をいれる。自分にとってとびきりの笑顔を藤堂に向ける。

「これ以上、先生を困らせないよ。みんなと楽しんで来てよ。またの機会の時に誘ってくれたら嬉しいな」

藤堂の目が少し大きくなったような気がした。綺麗な目してるね。

もう迷惑かけちゃってるけど、これ以上は私に構う必要ないよ。藤堂なら『そうなのか？ならば仕方ない』って言いそう。ふふ、演技の笑顔が本物になっちゃったよ。

「嫌だ、心が傷ついている道場をこのまま帰したくない。うまく言えないが、道場は我慢をしている。それは俺に対しての過去の悪意からか、迷惑をかけてしまった罪悪感からか、クラスメイトの意地悪からか、どれなのかは判断が付かない。だが、そんなものはどうでもいい。そこに座って怪我の処置をしてから、俺が知っている新宿三丁目のカフェに行こう」

頭をガツンと叩かれたような衝撃が来た。思ってもみなかった言葉。

「え？　な、なんで……？」

「道場の事をリセットしたなら、また一から関係を始めればいい」

「――――っ」

誓いが破れちゃった。

胸の奥から溢れ出たものが涙へと変わる。――私は静かに泣いていた。

私は甘かった。変わろうと思ってただけだった。無理しても人は変わらない。図書室で藤堂と過ごした時だけが素の自分になれた。

演技なんていらなかった。強がりなんていらなかった。……人が笑顔になる姿を喜ぶあの頃に戻れば良かったんだ。

「――う、ん。先生には、敵わないね。……ひぐっ、ちょっと、だけ、ひっぐ……、時間をもらってもいいかな？」

涙が止まらない、それでも今は泣かないと駄目なんだ。あはは、本当に君は私の先生だよ……。

――流した涙が私の心をリセットしてくれた。

第八話　藤堂剛と田中波留のリセット

企業訪問を終えて普段通りの週末を迎えた俺は洋食屋さんのアルバイトを再開した。目の前にある海老を黙々と下処理する。流水で洗い流しながら専用ハサミで真ん中から切り裂く。

料理の仕込みは好きだ。手を動かしながら色々な事を考えることができる。

それに、徐々に下処理の技術の向上がわかるから面白い。

隣でドリアの仕込みをしているシェフが話しかけて来た。その横にはシェフの娘さんがサラダの準備をしている。戦場のようなランチが終わり夜に向けての下準備だ。

「いやー、本当に藤堂君は真面目だね〜。社員でもここまで早く出来ないよ」

「ありがとうございます」

「なんか雰囲気変わったわね。髪型もいい感じよ。それなら合コンに連れていけるわね。藤堂君、かっこいい男友達いないの？」

「こら！　藤堂君に変な事言うんじゃない！」

「あはは、冗談冗談よ。藤堂君は年下だけど大人びてるからつい、ね」

「ふむ、男友達か……。五十嵐君は中々の色男だ。しかし、合コンとは？」

「おっ、友達できたのか！　藤堂君良かったな！」

「彼はいい人だ。佐々木さんの事が大好きである」

「合コン知らないのね……。まあいいわ、大人な私が教えてあげるわよ」

「いやいや、お前は一個しか変わらないだろ。今年受験なんだから頑張れよ。別にバイトしなくていいぞ」

「いやよ、私の息抜きなんだから」

仕事の合間のちょっとしたお喋り。以前の俺は仕事に集中していたためそんな事できなかった。何を喋ればいいかわからなかった。

コミュニケーションというものは積み重ねだと実感した。

他愛もないやり取りから、シェフと娘さんの深い絆が感じられる。

それでも慣れない事は多い。例えば最近は他者から褒められる事が多々ある。

小学校の頃は出来なかったら、出来るまでやらされた。出来たとしても褒められる事なんてない。中学の頃は怒られてばかりであった。だからなんとも不思議な感覚だ。

ホールから足音が聞こえてきた。この音は……田中だ。

「シェフ、片付け終わりました！　次の仕事は何をしますか？」

田中は今日も元気である。俺はそれを見ているだけで嬉しくなる。

「ああっと、思ったよりも仕込みが進んだからな。……少し早いけど上がってもらえるかな？　あっ、藤堂君も今日はもう上がっていいよ」

「了解です！　へへ、やった！」

シェフは非常に優しい人だ。だが、娘さんの事件の時のシェフは非情に荒々しかった覚えがある。

あの時、シェフから感じたのは娘さんに対する深い愛情というものだ。ナイフを突きつけられても顔色を変えないシェフは明らかにこちら側の世界の人間だと思ったものだ。

たくましい腕は傷だらけだ。最近読んだ漫画の登場人物にそっくりだ。坊主頭で黒く日焼けしており筋骨隆々な喫茶店のマスター。果たしてシェフと本気の白兵戦で勝てるだろうか？　こちらも無傷では無理だろう。……いつか昔話を聞いてみたいものだ。

そんなシェフは初めて俺と出会った時ため息を吐いた。その時は俺がまた何か変な事を言ったと思った。だが、それは俺の勘違いであった。シェフは優しそうで悲しそうな目で

『ここは君を利用する大人がいないから安心して――』と言ってくれた。

不思議な人である。非常に好感が持てる人物だ。

「うむ、それではお先に上がります。では——」

「にしし、田中さんといちゃいちゃしてね！」

「こら、茶化すんじゃない！」

俺たちはシェフと娘さんに温かい目で見送られながら厨房を出るのであった。

「今日は白銀公園でジュース飲もっか」

「少し遠いがいいのか？」

白銀公園は商店街の坂の上の裏にあるこぢんまりとした公園だ。ここからだと歩いて十分はかかる。

「別にいいの、久しぶりにゆっくり歩きたいじゃん」

「確かにそうだな」

学校の時とは違い、久しぶりに私服の田中を見るのは妙に気恥ずかしい。もう長い間アルバイトしているのに、新鮮な気分だ。……今の俺は前の俺と遜色ないだろう。田中に対しての違和感がない。

「やっぱバイトって疲れるよね～。楽しいからいいけどさ。あっ、そういえば道場さんのバッグって見つかったの？」

「う、うむ、見つかったのだがなんと説明していいのやら……」

「へ？」

あの日、道場が静かに涙を流した後、近くのカフェで四人でお茶をした。時間も時間であったからドリンク一杯だけだ。それでも非常に充実した時間を過ごせた。

俺は道場の涙が不思議であった。悲しいと涙が出てくる。

花園も田中も道場も笹身もみんな悲しくて泣いていたはずだ。

だが、あの道場の涙は違う。なんというか、心を洗い流すような見ていて気持ちの良い涙であった。

その後、田中は弟君が迎えに来てくれて、俺と花園は道場を家まで送る事にしたんだ。

そして、改札でバッグを持った島藤が待ち構えていた……。

「その、俺の……知人が道場のバッグとスマホを……拾ってくれた」

「……ほぇ？　藤堂の知人？　お、女の子？　てかバッグ見つかって良かったじゃん！」

「なんて説明していいのやら。島藤は小学校の同級生で男だ。いやそれはどうでもいい」

道場の可愛らしいバッグを小脇に抱え、スマホを差し出した島藤。何故か顔を赤くして道場と花園から顔をそらしていた。

どうやら、道場がバッグを奪われて意地悪されている現場を見かけて、強盗かと思った走り去る道場の後を追ったようだ。

道場が走り去った後に、同級生を威圧で硬直させて尋問をしバッグを預かり、走り去る道場の後を追ったようだ。

道場が走り終わったら渡そうとしたが、女の子と話すのが恥ずかしくてどうしていいかわからなかったらしい。

そして、途中で俺と遭遇して驚いて隠れてしまったようだ。

……少し意味がわからない。それでエリの護衛をやっていけるのか？　あいつは少し抜けているのか？　俺は小説で読んだ事がある。これが脳筋というやつか。

「女の子じゃなかったんだ。へへ、ならいっか！」

「うむ、島藤の事は放っておこう。道場は今度俺達にお店の料理を御馳走したいと言っていた。予定をあわせてみんなで行こう」

「オッケーじゃん！」

道場はもう大丈夫だ。きっと何かを見つけたんだろう。

昨日、俺は前の教室へと出向いた。佐々木さんと五十嵐君に会いに行くついでに、道場の様子を窺おうと思った。

道場は一人で勉強をしていた。変な気負いを感じられなかった。勉強の合間に伸びをして教科書を閉じるとクラスの女子が道場に話しかけていた。とりとめもない会話であったが、とても自然な空気が漂っていた。笑顔が素敵だと思えた。

以前俺が感じた寂しさや不安、孤独感、悲愴感はもう無かった。そして、俺の魂に刻まれた何かが暴れたのを覚えている。

田中は歩きながら俺の胸を軽く小突く。

「藤堂のおかげじゃん！」

「俺？」

「道場さんはね、自分の心をリセットできたんだよ。藤堂に触れて――色々な感情が落ち着いたんじゃないかな？　多分ね」

「そういうものなのか」

「うん、きっとそう」

田中の強い言葉が俺の胸に染み渡る。そうか、俺によって道場は良い方向に進められたんだな。それはとても嬉しい事だ。

……田中が俺を見つめ続けている。な、何故だ？

「た、田中？　どうした？　流石に少し恥ずかしい」

「あ、ごめん。ふふ、だって藤堂と関わって道場さんは良い方向に進めそうなんだよ？嬉しいじゃん！」

確かにそうだ。昔の俺を知っている田中なら、それがどんなに難しい事か理解しているはずだ。俺は人を傷つける事しか出来なかった。そんな俺が道場の助けになれたんだ。

「――藤堂はね、自己評価が低いの。勉強も運動も出来るけど、一番素敵な所は……純粋で優しいの。だからみんな惹かれるじゃん――」

忘れようとしていた胸の痛みが浮上する――。俺はそんな人間じゃない。田中を悲しませた人間だ。

「だ、だが、俺はみんなから馬鹿にされていた。正直、俺と一緒にいて田中が、花園が、馬鹿にされないか不安になる時がある。……少しは成長したと思う。だが、いまだに口下手は治らない。知らない学生と話すと緊張してしまう。アルバイト仲間とうまく付き合える気がしない。――俺は不器用な人間だ」

「そんな不器用な藤堂がいいんじゃん。……それにね、過去は気にしなくていいの。私は――私達はそんな藤堂と一緒にいたい」

田中の気配が変わった。真剣な声が俺の鼓動を速くする。田中はまっすぐに俺を見つめる。

と、その時、俺達の後ろから大きなエンジン音が聞こえてきた。振り返ると大きなトラックが商店街を走っていた。

速度は少し速いが運転手も寝ていない。しっかりハンドルを握っている。俺は足を止めてトラックを注視する。……トラックは何事もなく通過して行った。


「今度は大丈夫だ」


何故か温かい感触が俺の腕の中にあった。ふと気がつくと俺は田中を守るように抱き寄せていたのであった。

今度は大丈夫？　わからない。何故俺はこんな行動を取った。

「と、藤堂、あはは……、ここはあんまり事故らないから大丈夫じゃん。もう、心配性なんだから。抱きしめるのはちょっと恥ずかしいじゃん。……あれ、藤堂？」

手足の震えが止まらなかった。身体が言う事を聞かない。こんな事は初めてだ。ああ、そうか、俺は田中が傷つくのが怖かったんだ。これが、怖いという感情なのか――

「……俺は間違っていたんだな」

「ん？　あのさ、公園まであと少しだからベンチで休もっか」

俺はコクリと頷いて田中に手を引かれながら公園へと向かうのであった。

ベンチに座り深呼吸をする。

「田中、俺は謝らなければいけない事がある」

ベンチに座った俺は空を見上げた。とても綺麗な雲であった。そうだ、俺はあれが綺麗だとわかるんだ。普通の人間としての大事な感覚。

俺のさっきの行動の意味はわからない。だが、非常に重要な事柄だ。無視できない。心の奥底が疼いて仕方ないんだ。

「うん、どうしたの？　藤堂は何もしてないじゃん」

「いや、俺は田中に対して償い切れないほどの罪を犯した」

田中を悲しませるな。記憶を忘れた事を悟らせては駄目だ。これ以上田中を傷つけてはいけない。

俺は何故その選択肢を取ったのだ？

――それはただの俺の自己防衛ではないか？　自分が深く悲しまないように、と。

――それはただの俺の自己犠牲ではないか？　田中を悲しませないように、と。

「俺はあの日……田中とデートをした日――田中との記憶を全て失くした」

田中は背もたれによりかかり深い溜め息を吐く。

「ふぅ……、そっか、やっぱりね。やっと言ってくれたじゃん、ありがとう。藤堂嘘吐くのへただよ」

驚愕だ――

「気がついていたのか？」

「漠然とだけどね、藤堂苦しそうだったんだよ。すっごく悲しそうな目で私を見るし。スマホに貼ってある写真も忘れちゃってたし」

「すまない、田中」

「てか、藤堂といろんな事したんだよ？　すっごく楽しい思い出だったんだ」

「そうなんだろうな。俺は本当に覚えていないが時折その景色が浮かぶんだ」

「苦しいんでしょ？　なら、無理に思い出さなくてもいいから、二人の思い出をまた作ればいいんじゃん。ショッピングセンターに行ったり、ケーキ食べたり、ジュース飲んだり、バイトしたり……。うん――」

田中はそっと俺の手に触れた。

「何度消えたって、私が何度でも思い出を作るじゃん」

――魂が震えた。刻んだ何かが暴れ出す。

俺は胸をかきむしる。大切な人にこんな悲しい事を言わせるな。田中は今にも泣きそうではないか。

俺は、女の子が悲しそうに泣いているのが、嫌だ。昔から嫌いだったんだ。俺はあの小学校で大切な人を失くした。いつも悲しそうに泣く女の子だった。

もう後悔はしたくない。

「記憶を失くした俺は以前の俺ではない、そう思っていた。だが、俺は俺なんだな」

「当たり前じゃん！　藤堂は藤堂だよ！」

「そうか……」

田中の手のぬくもりがトリガーとなり、あの日の激情へと『スイッチ』する。

俺の中に眠っている数多の俺が浮上する。俺に知らない記憶が嵐のように吹き荒れる。

全身を襲う激しい痛みが今の俺を否定する。この痛みは俺自身が壊れないようにするためのリミッターだ。

そんなもの、『リセット』してしまえばいい――

感情を消すだけがリセットじゃない、限界を超えるのが本当の『リセット』だ。だが、不完全のそれは記憶を消去する。

目の前にいる女の子の記憶がない。何故俺は一人でどうにかしようと思った。何故俺は隠そうとした。

リセットはただの能力であってそれに罪はない。それを使う俺に問題があるだけだ。なら、俺が変わればいい。

このリセットと向き合うんだ――

魂に刻みつけた何かが激しく揺さぶられる。全身の血が沸騰する。そんなもの感じなければいい。心臓をナイフで刺されたような痛みが走る。そんなもの幻覚だ。

今の俺にとって一番大事なものは――

「この魂に刻み込んだ田中との『思い出』だ」

俺は立ち上がった。空を見上げる。繋がれた手は離れない。湧き上がる激情が更に激しくなる。この『激情』の正体がいまわかった。これは——俺が積み上げてきた感情……愛情なのだ。

「俺は、記憶の消去をリセットで復元を試みる。田中、見守ってくれ」

「う、うん、藤堂。目の色が……、ううん、見守るじゃん……」

田中はコクリと頷く。そして俺は目を閉じた。高速思考が加速していく。加速していくそれはすでに限界を超えている。

高速思考が99・9％の確率で失敗を告げる。だが、そんなものどうでもいい。湧き上がる激情が理性を否定する。

感情を消すだけがリセットじゃない。限界を超えるだけがリセットじゃない。

俺の中に微かに残っているリセットを使って限界を超えた時の感覚。それでは駄目なんだ。

俺はそれを超えなければならないのだ——

今の俺は大切な人たちのために記憶を消す事などしない!!

脳細胞にかかる負荷がリミットをかける。俺はリセットする。

脳細胞を破壊しようとする限界をリセット。俺はリセットする。

心臓の鼓動を止めようとする限界をリセット。

リセット、リセット、リセット、リセット——

全ては田中と記憶を見つけ出すために——リセットを繰り返す。

一歩間違えば全ての記憶を失って廃人となるだろう。

ガラスが割れた音がした。『スイッチ』。

スイッチという言葉が浮かぶがその力を俺は知らない。だが、力が湧いてくるのを感じる。

みんなと過ごした日々が凄まじい勢いで俺の脳裏を埋め尽くす。

高速思考が『スイッチ』され並列思考へと進化を果たす。

襲いかかるリミットの壁が俺の思考を焼き尽くそうとしても幾千の思考がそれを防ぐ——

思えば、花園をリセットした時から俺はおかしかった。消えた記憶と感情を思い出す事などない。それが俺の常識だ。理由もなく湧き上がる激情が俺の心を熱く燃やす。それがリセットを進化させた、それがリセットを超える糧となる。

花園とのリセット、田中とのリセット。これはどのリセットとも違った。

俺は花園を華ちゃんと呼ばない。
田中をトラックから助けた事なんてない。
だが、俺はそれを知っていた。なら、もう一度——思い出せ、思い出せ、思い出せ思い出せ思い出せ!!!!!

「————————っ!!!!」

——俺の激情が魂に刻まれた『記憶』を解き放つ。
膨大(ぼうだい)な情報量が俺の脳に襲いかかる。並列思考でさえ対処しきれない負の感情。記憶を消したツケが今俺にのしかかる。限界が迎(むか)えそうになる。これ以上は俺が廃人となり全てを忘れて——

「そんな限界など、リセットしてしまえばいい!!!!」

スイッチによる進化したリセット——

田中と花園の記憶があればいい。もう二度と悲しませるな！　俺は、もう二度と自分に負けることはない！

俺は、俺は、この子たちが大切なんだ。

魂に覆われていた何かが弾け飛んだ――

「これが、俺の『リセット』だ」

頭の中のざわめきが静かになる。今感じられるのは手を繋いでいる田中の体温だ。

それはとても温かくて心地よいもので……。

俺は目を開けて田中を見つめる。

「田中の歌声に心を奪われた。ジュースを飲んでいる田中がとても可愛らしかった。写真を沢山撮った。そして、俺はトラックに轢かれそうになった田中を助けたんだな。無事で良かった」

「――っ⁉　とう、どう？」

「ただいま、田中。もう大丈夫だ。……た、田中？　な、泣くんじゃない。記憶は戻ったぞ」

田中は一筋の涙をこぼしていた。その涙が悲しみの涙ではない事は理解できる。

だって、田中はこんなに素敵な笑顔で――

「おかえりじゃん、藤堂……、私ね、藤堂の事、信じてたよ」

俺の隣にいる女の子は泣いている。だが、とても嬉しそうで楽しそうで……、とても可愛らしかった。

「リセットから始まる青春か……、本当に俺は不器用な男だな」

自分の目頭が熱かった。これは汗なんかじゃない。これが、嬉しい時の涙なんだ……。

魂に刻みつけていた大切な『思い出』が俺の心に染み渡った――

第九話　笹身美々の激走

俺は走っていた。夜のランニングだ。ペースは通常よりも遅い。身体がうまく動かないからだ。あの日、田中との記憶を戻すために俺は限界の限界を超えた。身体が無事であるはずもない。あの後、俺は田中と喜びを分かち合っていたら気を失ってしまった。

……気を失うのは人生で三回目だ。あまり良い感覚ではないな。

気がつくと俺は自分のアパートで寝ていたのであった。

起きてすぐに田中に連絡すると、どうやら俺が気を失った時に突然島藤がやってきたようだ。そして、島藤は俺を背負ってアパートまで連れて行った。

田中の話によると島藤は『と、藤堂が気を失っただと……？　そ、そんな事ありえない。こいつは俺にとって最強の男なんだ。藤堂、しっかりしろ！　お前は俺のお兄ちゃんだろ！』

とあたふたしながら俺の状態をチェックしてくれたようだ……。

田中は笑いながらそれを話してくれた。

それがとても嬉しかった。起きたらまた記憶を失っていたらどうしようと思った……。

頭痛は更に激しくなる。だが、記憶が戻ったのなら構わない。何事にも代償は付き物だ。

走ることは好きであった。物事を整理した時に丁度よい。市ヶ谷からスタートしたランニングは田中との思い出の地である豊洲を抜け、そのまま臨海地区を回る。ここは道路が広くてとても気に入っている場所だ。

「……記憶は戻ったがリセットした感情は戻るわけではないのだな」

魂に刻みつけた田中の記憶だけは取り戻せた。それでも一歩間違えば廃人になっていただろう。リセットで消した感情。……そもそも消してしまったからもう残ってないのではないか？　とも思った。

しかし、俺は田中を大切な人だと認識している。一緒にいて温かい気持ちになりドキドキする。

「あの時の感情が戻らなくても、新しい感情がある。前に進んでいるのだろう」

好意を消したとしても感情は無くならない。ならば今はそれでいい。

この世界は俺にとって難しい事だらけだ。

それでも、俺は楽しいと思えてきた。

友達も出来て――毎日が賑やかである。

目を逸らしたくなるような事も多いけど、それでも皆生きている。


「ふぅ、今日はこのくらいだ――」

走るのをやめて海を見つめる。ここは有明地区の海沿いの広い歩道だ。道路から外れて土手のような場所に降り地面に座る。ゆっくり過ごすのには丁度良い場所だ。

俺の好きな時間であった。心が落ち着く。虫の声や草の香りが、森でサバイバルをした時の記憶を思い出す。

道具も何もない状態で一ヶ月生き残れと言われたのが懐かしいな。一人だと思っていたが、島藤も一緒だったんだな。あいつは泣き虫で少し頭が悪かった。

あのリセットの影響で俺は忘れていた記憶を少しだけ思い出した。断片的で理解できない事も多いが、それでも前に進んでいるのだろう。

ふと、道路の方から聞いたことがある足音が聞こえてきた。

リズミカルな歩調で力強い走りであった。

体内時計で時間を確認する。そうか、この辺りの公団に住んでいると言っていたな……。

足音の人物を確認すると、真剣な顔をした笹身が走っていた――

綺麗なフォームであった。俺がアドバイスした事を自分で昇華していた。だが、呼吸が乱れていた。暗闇でも俺にはわかる。嗚咽をこらえて目から涙を流していた。

笹身は何故泣いている？

彼女と過ごした月日は俺に普通というものを意識させてくれた。

笹身美々。可愛い後輩だった彼女はもういない。しかし、本当にそれでいいのか？

「違う」

他者の気持ちに共感するという行為は痛みを伴うものだ。俺はもう感情をリセットしない。それは逃げだとわかったからだ。

みんな痛みを抱えて生きているんだ。

それが――普通なんだ。俺は笹身の背中を見つめながらそう思った。

＊＊＊

私、笹身美々は教室で一人ぼっちだ。

「さ、笹身ちゃん、陸上部に戻らない？　頑張ってたでしょ……」

陸上部の中島さんが私に話しかけてくる。中島さんは私と違ってとても優しくていい子。うちのクラスは陸上部が多かった。私は元陸上部員。先輩に胡麻をすって可愛がられていただけの嫌われ者だ。

「――え？　私って嫌われてたよね？　戻れないっすよ、ははっ」

「笹身ちゃん……、そ、そんな事ないよ！　みんな戻ってほしいと思っているよ」

そんな事はない。この子以外は誰も私に話しかけてこない。

部活を途中で脱落した問題児。教室のカーストは一気に落ちる。本当に子どもの世界ってよくわからない。部活を辞めただけで下に見られる……。多分大人からは見えない何かが子供たちにあるんだ。

なんだろう。部活を辞めるだけで壁を感じたり、カーストができるって、不思議な空気感だよね。何か悪い事をしたわけじゃない。みんな部活を頑張っているのにあいつだけ辞めた、ただそれだけ。一人が声を上げると、みんなもそれに同調する。次第に空気感が塊になって形をなして、周りに浸透する。そして、私は独りぼっちになった。

今は昼休み、私は自分で作った小さな弁当を食べる。スーパーで特売品を買っていかに食費を抑えられるか計算して作られたお弁当。……見た目なんて気にしてられない。でもお母さんは美味しいって言ってくれた。うん、今度道場先輩から料理教わろうかな。料理屋さんの娘だからきっと私よりもできるはず。

部活を辞める前は、昼食になると私の周りにクラスメイトが集まってきた。

今は誰もいない。

クラスメイトの女子からは私の陰口が聞こえてくる。先輩に媚びを売って、問題を起こした生徒である私を笑って、いじって。なんだろう、心の奥が少しだけジクジク痛むんだよね。でも、私が先輩にした事に比べたら……。

陰口なんてどうでも良かった。心を強く保たなきゃ。

私は走れればいい。

走って、走って、いつか藤堂先輩に……成長した姿を見てほしいだけっす。だから、

「中島さん。もういいっすよ。私に構いすぎると中島さんもハブにされちゃうっす」

教室の入口で中島さんを呼ぶ声が聞こえた。そっちを見ると他のクラスの陸上部員がいた。私は少し気まずくて顔をそらす。……矛盾しているってわかってる。難しいんだ。心を強くするって。

「あっ、ちょっとまってね！　今行くよ。……笹身ちゃん、また後でね——」

中島さんは私の下から去っていった。私はこれで本当に一人になった。

大丈夫、一人の今のほうが楽だから。「ふぅ……」とため息を吐く。

化け物揃いの特別クラスに入れるほど実力はない。私は普通の女の子だ。

才能なんて何もない。……藤堂先輩と巡り合えただけで、運が良かった。だから努力しなきゃいけないいっす。

一人で弁当を食べても悲しくないし寂しくない。先輩はもっと悲しかったはずだ。

いつしか私の基準は先輩になっていた。

私が傷つけてしまった先輩。後悔なんて言葉じゃ表せないほどの気持ち。

思い出すたびに胸が疼く。

——大丈夫っす。私は普通だけど、心は強いっす。

だから、先輩とは二度と話せなくても大丈夫。クラスで一人でも大丈夫。走ることが私の罪滅ぼし。それが間違っているか正解かわからない。でも走らないと苦しくなる。

……なんだがお腹いたくなってきた。お弁当、ちょっと残ってるけどお手洗い行こう。

私はお弁当を机の上に置いて席を立った。


私が教室に戻ると、陸上部の女子達が話をやめた。嫌な笑みを浮かべている。

入部した時は私も仲良しで、昼休みはみんなでお喋りをしていた。

くだらない話も多かったけど、一種の連帯感？　があって、部活を通して友達になれた。

でも今は私の周りには誰もいない。

一人が心を強くする。

全然強がってない。だって、藤堂先輩の方がもっと苦しかったはずだから――

私は自分の席を見た。お弁当箱が机の上に無かった。床にお弁当箱が落ちていた……。中身は散乱している。スーパーで頑張って安い食材を探して、一生懸命作ったお弁当。

怒りよりも悲しさが込み上げてくる。

「あっ、笹身ごめんね、さっきぶつかって落ちちゃった」

「……そう」

元陸上部の女子生徒が悪びれもなく私に伝える。片付けようとする気配もない。どうでもいい。私よりもお母さんに謝って欲しい。悲しい気持ちが消えて無くならない。お金が無くて貧乏なのに、お腹空いているのに……。

そんな気持ちを押し込んで私はお弁当箱を拾う。容器の蓋が割れて壊れちゃった。……お母さんになんて言おう。子どもの頃からずっと使っていたお弁当箱。駄目、何も考えちゃ駄目。

私は黙々と散乱したおかずを拾う。

あんまり話した事がない男子生徒の鮫島君が近寄ってきた。

「笹身、雑巾持ってきたぞ」

「あ、ありがとう」

「へへ、別に構わねぇよ。手伝ってやるから今度一緒にカラオケ行こうぜ。陸上部辞めてどうせ暇なんだろ？」

少しだけ人の優しさに触れられたかと思った。……でもすぐに違うってわかった。鮫島は私の胸しか見ていない。下心が気持ち悪い。私はそれでも我慢する。だって、ここで怒ってもしょうがないしどうしようもない。感情を押し殺す。

「……雑巾、ありがと。カラオケは遠慮しておくよ」

「はっ？　手伝ってやろうとしてるのにか？　マジありえねー、ははっ」

悪意じゃない、善意でもない、何なんだろ、これって？　凄く難しいよ。どうすればいいんだろ？

「……ごめんっす」

……道場さんに会いたいな。

道場さんはすごく努力をしている。頭が悪いのに必死になって勉強をしている。

私は全然駄目だ。もっと頑張らなくちゃ。

「なんだよ……ノリ悪いな。冗談っぽくしねえともっとやられるぞ。……弁当箱、本当にわざとじゃなかったぞ」

鮫島君は小声で呟いて私から離れるのであった。

わざとじゃなくてもどうでもいい。

「鮫島～、あんた笹身の事好きなの？　趣味悪いわね」

「は、はぁ、そんなんじゃねえよ⁉　だってこいつは清水先輩好きだったんだろ？　趣味悪すぎだろ。べ、別に俺はなんとも思ってねえよ」

鮫島は陸上部の女子たちの所で雑談を始める。聞こえてくるのは私をネタにし笑い話。私は小さく丸くなって床を雑巾で拭く。大丈夫、大した事ない。学校なんてどうでもいいんだ。雑念は全部消してしまえばいい。居場所なんていらない。

……高校生なんて部活をやめただけで人間関係が崩れる。

気にしてないのにクラスメイトの声が耳に入ってきてしまう。

「あいつ落ちたよな」

「昔は可愛かったのに」

「性格悪いしね」

「遊びに誘っても来ない」

「媚びを売る態度が嫌いだった」

断片的な声であった。

私は耳を塞ぎたかったけど、それを聞き続けた。

だって、私の心が苦しくなる。罰を受けている気分になれる。許されない私が唯一許されると思える瞬間であった。

もう何もかも嫌になっちゃう。だから、私は……壊れたお弁当箱をゴミ箱に捨てた。

そして、机にしがみつくように突っ伏した。


いつの間にか授業が始まっていた。ぐっすり寝ているはずなのに身体の疲れが取れない。

先生には怒られた。クラスメイトはまた私を笑う。下を俯く事しか出来なかった。

小休憩は、何故か鮫島が私にちょっかいをかけてくる。私は寝たフリをしてやり過ごす。

帰りのチャイムが鳴ると、私は一番に教室を出る。早く練習するためだ。早く走りたいからだ。走っていれば忘れられる。

急いで廊下を歩いていると後ろから声が聞こえてきた。

「笹身ちゃんー！　待ってっ！　はぁはぁ――」

中島さんが私を追ってきた。

「笹身ちゃん……顔色悪いよ……。ねえ、陸上部で一緒に走ろうよ。みんな待ってるよ！」

そんな事ない。誰も私なんて必要としていない。

私にはストイックさが足りない、だから——

「大丈夫っす……。ほら、陸上部の練習遅れちゃうよ。私は陸上部やめて楽しんでいるっす！　だから心配しないでほしいっす」

「違うの！」

「へっ？」

中島さんの大声で私は変な声が出てしまった。

どうしたんっすか？

「さ、笹身ちゃんを見ていると辛いの。……部活やめちゃって……一人ぼっちで辛そうで……、ねえ、みんなで走ろうよ？　笹身さんいつか壊れちゃうよ？」

私は全然大丈夫。一人で大丈夫。普通の人は努力しなきゃ上に行けない。

「——ありがと。でも、練習に行かなきゃ」

本当は今日はアルバイトに行かなきゃいけない日。練習はアルバイトが終わった後、走るのはどこでもできる。練習、しなきゃ……。

中島さんを見ていると、私の心が弱くなりそうだった。その手を掴みたく気持ちを抑える。

もっと私は自分を痛めつけなきゃ強くなれない――ストイックに――

速くならないと――先輩に顔向けできない。

下駄箱でローファーに履き替える。

「あっ、待って――」

中島さんを置いて私は走り出した。

全速力に近い速度。なんで走り出したかわからない。でも、気持ちが沈んでくるんだよ。

整っていない身体はうまく動かない。息がすぐに上がりそうになる。

ローファーが地面の衝撃を吸収しなくて、足が痛い。それでも、私は走る。学校の校門を抜けて、商店街へと出る。

苦しいのはみんな同じ。私はずるい女だった。こんな私が陸上部に戻る資格なんてないっす。清水先輩も私のせいで首になってしまった。あの人も初めは違ったんだ。自分に自信が無くていつも悩んでいた。主将になった時から清水先輩は変わってしまった。立場が人を変えてしまう。良い意味でも悪い意味でも。私はそんな清水先輩に媚を売っていたんだ。

全部全部私が悪いんだ。

私が自分の気持ちに嘘を吐いて、先輩の事を悪く言って——

先輩との朝練が頭に浮かぶ。

不器用だったけど、優しくて頼もしくて——先輩と一緒にいて楽しい時間だった。もう二度と戻らない過去。私の罪。

涙が出てきた。涙が涸れるほど泣いたはずなのに。

私は悲しむ資格なんてない。

だって——あっ。

周りを見ていなかった。商店街なのに全速力で走ってしまった。

硬い大きい何かにぶつかってしまった——

私は地面に倒れる。

「君！　大丈夫か」

見上げると、そこにはタンクトップを着た大きな男の人が立っていた。声をかけてくれたのは横にいる細い男の人。倒れた私を心配してくれた。周りの人たちは全員丸刈りで異様な雰囲気を発している。

まるで漫画に出てくるような筋肉むきむきの大男。頭はハゲていて顔に無数の傷がある。

あ、謝らなきゃ――

私は慌てて起き上がろうとした。――っつ⁉　足に違和感が、まさか……ひねったの？

その感覚に私は焦りを覚えてしまった。

怪我なんて出来ない。私はもっと速くならないといけないのに……。

大男が腰を下げて私と同じ目線になる。鋭い眼光が私を射貫く。手を差し出していた。

それが何を意味するか頭で理解できなかった。恐怖が思考を停止させる。

怖い、怖い、怖い。背筋が凍り付く。謝らなきゃ――でも怖くて声が出せない、足が震えて立てない。

その時、私の頭に温かい何かが置かれた――

後ろから声が聞こえた。

「――失礼、うちの弟子が粗相をかけたようだ。大変申し訳ない」

「ふえ？」

自分が出した声じゃないと思った。泣きそうな声色を自分が出しているとは思わなかった。

先輩は私の身体をひょいっと持ち上げて立たせる。うん、大丈夫、立っていられる。

先輩は大男の目をまっすぐに見つめながら頭を下げていた。

あっ、わ、私も謝らなきゃ、先輩は謝る必要ないのに――

「す、すみませんでした……」

私も頭を下げて謝った。

胸がドキドキする。色んな事が起こりすぎてわけがわからなくなる。

罪悪感が胸を締め付ける。私のせいで先輩が謝って——

大男は鼻を鳴らした。

「ふん——ガキのやった事だ。どうでもいい。……てめえの弟子ならちゃんと面倒みておけ」

「うむ、以後気をつける。俺たちはここで——」

大男が藤堂の顔をじっと見つめていた。

「……ちょいまち。——てめえ素人じゃねえな?」

「失礼、貴殿が何を言っているかわからない。俺は普通の高校生だ」

その時、大男の手が動いたように感じた。いつの間にか先輩は大男と身体を密着させていた。全然動きがわからなかった……。

「ここはそういう場所じゃない」

「……ああ、そういう事か。すまねえな、つまんねえ仕事が立て込んでいて気が立っていた。……そっか、普通の高校生か。……そんな人生を送るのも悪くねえな。すまねえ、邪魔したな！　若いお二人さんは青春を楽しんでくれや、がははは っ！」

大男は少しだけ悲しそうな顔を先輩に見せて先輩の肩を軽く叩き、横に止めてあった車に颯爽と乗り込んでいった。

車が走り去る。

私と先輩だけがその場に佇んだ。

＊＊＊

「隊長、あのガキはナニモンっすか？」

「知らねえよ。ありゃバケモンの類だ。先の先を取られた。お前らじゃ敵わねえよ。俺が本気ださねえと無理だな」

「いやいや、見た目ちょっと鍛えているだけの普通の高校生っすよ」

「ちょっとじゃねえよバカ！　まあ俺ならぶっ倒せるけどな。お前は無理だ」

「はー、マジっすか。俺一応プロっすよ？」

「いるんだよ、この業界にはたまにおかしな奴らがよ。異常な身体能力と特殊な技能を持っている奴らが。てめえもクソガキでクソ頭悪い島藤にコテンパンにされただろ。とっとと仕事に行くぞ、島藤を待たせてんだ。エリに怒られんぞ。早くしろよ」

「ウィース」

「ったく、島藤といい、あんなやつらが普通の高校生か……。だが、そういう道もあるんだな……」

「あっ、そう言えば師匠って今この辺りで洋食屋をやってるんすよね。後で顔出しましょうよ！」

「……馬鹿野郎、俺達と顔を合わせたら嫌な気分になるだろ。あの時に拾った子と幸せに暮らしてんだろ。……そっとしておいてやれよ」

「うぃっす……、そっすね」

「もう住んでる世界が違うんだ」

＊＊＊

頭が真っ白になる。飛んでいた意識が戻ってきた。私はまだ何も成してない。

先輩に近づいちゃ駄目!!

「せ、先輩、あ、ありがとうございます……、わ、私——いっ」

動こうとしたら足に電流が走ったような痛みが起きた。

この場を去らないと先輩に申し訳ない。

先輩に迷惑かけるくらいなら足なんて壊れてもいい。成長を見てもらわなくてもいい。

私は早く先輩の前から消えないと――

私は足に力を入れて走りだそうとした。……動けない。

先輩に襟首を掴まれていた。まるで猫を扱うみたいに。

「足の様子を確認する。神楽坂上の裏の公園のベンチで構わないだろう。笹身乗れ」

先輩は私に背を向けて屈む。私は頭をフル回転させる。ここで選択肢を間違えちゃ駄目だ。もっと私が強くなってちゃんとしたら先輩と向き合えるんだ。

「ま、まだ駄目っす。先輩に迷惑を……」

先輩は「ふむ、ならば」と言いながら立ち上がり……私の身体を持ち上げた⁉

足に先輩の手が通され、背中を支えられる。こ、これってお姫様抱っこ⁉

「腕と足を固定しろ。動くぞ――」

頭がショートした。先輩への罪悪感があるのに、今は恥ずかし過ぎておかしくなりそう。

スカートがまくれているからパンツが丸見えかも知れない。先輩は絶対気にしてない。

先輩の匂いがする――

その匂いが先輩との思い出を反芻させる。すごく楽しかった。あれは日常じゃなかったんだ。すごく大切な日々だったんだ。

いつも一緒に練習してくれた先輩。冗談で先輩をからかう私。少し困った顔の先輩を見るのが好きだった。私は自分の罪を思い出す。甘えちゃいけない。

先輩――優しくしないでほしいっす――

私はそんな資格がない。

「――笹身、走っている姿を見たぞ。速くなったな」

唐突に言われたその言葉が、私の全部を破壊した――

嗚咽を殺す事も出来ずに私は身体を丸めて泣いてしまった。

＊＊＊

俺に泣きじゃくる笹身の重さを感じながら俺は近くの公園に移動した。この涙は違う、悲しくて寂しい涙は好きじゃない。

俺は笹身を公園のベンチに下ろす。

笹身は感情が溢れて涙を押し殺せないでいる。

笹身のしたことは頭の中の『記録』にある。あれは悲しい出来事であった。

笹身への感情はリセットした。もう関わらない、過去の俺はそう思っていた。だが、違うんだ。関わらないと言われるのは寂しくて悲しい事なのだ。

笹身との一つ一つの思い出は無くなっていない。灰色に見えるだけだ。リセットを壊す事はできない。だが、一から進める事ができるんだ。それを俺は幾多の経験で学んだ。

練習をしているのは聞いていた。笹身はストイックに走っていた。

笹身は速くなっていた。

俺は何故か嬉しくなった。嬉しいか……、不思議な感情である。

自分が速くなったわけじゃないのにそんな感情を抱けるんだ。

だから、学校を飛び出すように走り出した笹身を思わず追いかけてしまったんだ。

「ちょ、ちょっと待って欲しいっす」

笹身はまくれてしまったスカートを直していた。むむ、悪いことをしたな。花園から聞いた事がある。パンツを見られるのは恥ずかしい事であると。

公園は子供達が遊んでいるだけでほとんど人気が無かった。

ふむ、主婦達は夕飯の準備で忙しいのだろう。俺も今日のご飯を考えなければならない。

「も、もう大丈夫っす……。せ、先輩には迷惑をかけられないっす」

俺は気にせずベンチに座っている笹身の足を診た。笹身の言葉には力がこもっていない。弱い。本当に否定したかったら……この場を離れるはずだ。

足を躊躇なく触る。

「いたっ……、で、でも歩けないほどじゃないっす」

俺はなんでさっき弟子なんて言ったんだろう？

とっさに声が出てしまった。あの男は普通の世界の人間ではなかった。笹身がいなくなってしまう、そう思ったら身体が動いていた。

俺は笹身の足の位置を変えながら触診し、懐からバンテージを取り出して足首を固定する。

「や、まって、スカートは、恥ずかしいっす……。パ、パンツ丸見えっす……。せ、先輩、わ、私は一人で大丈夫っすから……」

花園から聞いた話だと笹身はいつも一人でいるみたいだ。一人はとても寂しい。俺は気になるんだ。笹身が何に苦しんでいるのかを。

「では何故そんな苦しそうな顔をしている？　俺と話したくなければ走ってどこかに行ける筈だ。何故だ？」

笹身の顔が崩れそうであった。

強がっていた何かが破裂しそうになる。感情が爆発しそうになる。

笹身にとって触れられたくない事なんだろう。

俺も経験した事があるからわかる。

「そっすね……、ははっ、私本当に馬鹿っすね。一人は寂しいっす……。でも甘えている自分が大嫌いっす。今も先輩に甘えて……私、気持ち悪いっす」

笹身が泣くのを我慢している。大丈夫だ。俺はみんなのおかげで普通の青春を体験出来ているんだ。

その中には、笹身も入っている。

俺の事を師匠と呼んで慕ってくれた。朝のジョギングが楽しいものに変わった。

笹身の心の醜さも体験した。後悔の感情も伝わっている。

人は間違える。笹身は俺を傷つけた。

だが、笹身は無理をして傷つく必要がない。

――俺と同じ事をしたら壊れてしまう。

「苦しいのか？　それは……俺を傷つけた後悔からか？　それとも陸上部を辞めたからか？」

「……あ、は、はい。ちゃんと速くなってから先輩に謝りたかったです。私、馬鹿だからどうしていいかわからなかったです。陸上部なんてどうでもいいっす。私……」

　この言葉には嘘の匂いがあった。


「それは自虐だ」


　笹身の身体が強張った。核心を衝かれた表情。ならば、俺はどう答える。俺にとって笹身は何なのだ？

　あの日の激情とは違う感情が浮かび上がる。それが何かわかろうとしなかった。好意であり好意とは違う何か。

　これは年下の子に向ける愛情。

「笹身、自分を苦しめても意味がない。それは楽な道だ。陸上部をやめたら楽だったんだろ？　クラスメイトと話さなくなって楽だったんだろ？　苦しんでいる自分を鏡で見たら楽になったんだろ？」

　俺の言葉が笹身を更に苦しめる。だが、俺の本能がそれを止めない。これは必要な事だ。

「わ、私……、く、苦しくないっす……。だって、私許されない事を先輩に……」

　苦しめばいつか許される。そんな事はない。苦しみは精神を殺す。

心の痛みはゆっくりと身体を蝕む。

俺は笹身の隣に腰を下ろした。

何も考えずに言葉が出てきた。

「笹身が速くなって嬉しかった。陸上部を辞めたと聞いて少しだけ悲しくなった。無関係な人だからどうでもいいと思った。それでも、ふとした時に笹身の事を思い出す時がある。嫌いになったわけじゃない。感情をリセットしただけだ。ならば――」

笹身の苦しみは罪を償う何かにならない。俺にとってそれはマイナスだ。

笹身は俺が言葉を発するたびに小さく頷く。

そうか、俺に妹がいたらこんな感じなのか。俺にとって笹身は慕ってくれる妹みたいな存在だったんだ。感覚と理解が一致する。

その瞬間、ガラスが割れた音が聞こえた――俺の中で『スイッチ』を発動した。あの時とは違う激情が心を覆い尽くす――

『灰色』だった笹身との思い出に色が付く。無機質だった思い出が感情という色を思い出す。それは温かくて楽しかった思い出。道場とも違う、花園と田中とも違う、不思議な愛情が伴う思い出。

「せ、先輩⁉　だ、大丈夫っすか‼」

笹身は調子に乗りやすいが本当は優しい子だろ？　家が貧乏なのは知っている。お金が無いのは苦しい事だと俺も知っている。子どもの頃そうであったからな。どこかで歪んでしまった。ならば、俺は笹身と本気で向き合う――

俺は笹身を見つめた。

「俺は田中や花園から普通の心を学んだ。道場からもだ。まだまだわからない事だらけだ。……笹身のその生き方は足踏みしているだけだ。――笹身、自分でもわかっているんだろ？」

「……せ、先輩の言う通りっす。苦しいと楽です。だって、ひどいことをした私は苦しんで当然っす――」

「そうじゃない」

俺は笹身の言葉を断ち切る。非常な現実を告げる。甘やかす事だけが優しさではない。

「笹身の成長の限界はここまでだ。これ以上速くなる事はない。生まれ持った身体能力が悲鳴を上げている」

夜のランニングの時にわかった。身体が悲鳴を上げていた。限界まで引き上げられた走力はこれ以上成長出来ないものであった。学生ではトップレベルの速さ。それ止まりである。

笹身は身体を震(ふる)わせていた。

絞(しぼ)り出すような声で俺に言った。

「流石(さすが)先輩っす。そのとおりっす。いくら走っても速くならないっす。練習したらもっと速くなると思ったっす。色んな大人から『普通の陸上部にもどれ。お前は才能がない』って言われたっす。ど、努力だけじゃどうにもならなかったたっす」

笹身は自分の足を見ながら続けた。

「もうどうしていいかわからないっす……。だから、走るしか出来なかったっす。私馬鹿だから……。自分を苦しめれば楽になれたっす」

俺は中学の頃の灰色の思い出が頭に浮かんだ。

自分だけが犠牲(ぎせい)になればクラスが効率良く回る。

そんなことはしてはいけなかったんだ。

俺は笹身をベンチから立たせた。

「え？　せ、先輩？　きゃっ⁉」

「確かに笹身には才能が無かった。俺が普通を感じられたのは笹身のおかげでもあるんだ。

……それはとてもすごい事だ。俺と楽しく走るだけでは駄目なのか？」

笹身を背中におんぶして、俺は歩き出す。足はガッチリと固定しているから大丈夫そうだ。

「せ、先輩っ！　もう大丈夫っす！　先輩と話せただけで満足っす！　み、道場さんに怒られるっす！」

俺は笹身の言葉を無視して、二人で走ったジョギングコースへと向かった。

歩く速度が段々速くなる。

「しっかり固定しろ。極力振動がいかないようにするが足が痛かったら言ってくれ」

歩きが走りに変わる。

速度をどんどん上げる。ジョギングレベルではない。ランニングレベルだ。

「せ、先輩!?　お、おんぶしながら走ったら身体壊しちゃいます!!　せ、先輩が怪我したら――」

「走る楽しさを思い出してくれ。俺は走っている笹身が好きだったぞ」

ウジウジしている笹身を見るのが嫌だった。

自分を壊そうとする笹身が嫌だった。

だから俺は走りたくなった。

誰にも見せたことがない、本気の走りを。

――ランニングレベルから闘争レベルへとギアを変える。

笹身の重さは感じない。そんなやわな鍛え方をしていない。俺の知っているワンコよりも軽いぞ？

体中の筋肉が喜びを上げる。思う存分力を出せる、と。

俺は前しか見なかった。

笹身は俺にしがみつきながら呟く。

「……こ、このペースって……私を背負いながら……えっ、また速くなった⁉」

俺は更にギアをあげた。まだまだセカンドギアだ。トップに入ったとしても更に上に行ける。

ジョギングコースはまだまだ長い。

「やはり走ると気持ちがいい。笹身は順位にこだわりすぎだ。俺には誰かと競うという事をしたことが無かった。だから、大会という枠組みには興味が無かった」

背中で笹身が少し震えたのがわかった。何かを感じてほしい。頭で無く本能で。

それが俺の願いだ――

「わ、わわ――すごい……。は、ははっ、なんで私……。え、また速くなった！」

笹身の声が段々と楽しそうなものへと変わっていく。

理由なんてどうでもいい。

今この場は俺の息遣いと、笹身の泣き声が混じった笑い声だけが聞こえた。

皇居の周りには多数のジョガーがいる。その人たちのための休憩所などもある。俺は走路から外れて休憩所に向かう。

「これ以上走ったら笹身の足に負担がかかるだろう。ふぅ、久しぶりの本気だ。これは誰にも見せたことがない。笹身にだけだ」

笹身を優しく下ろした。

笹身は腰が抜けたかのように、ベンチに深く座って空を見上げていた。

「ふふふっ、才能か……。絶対ムリっすね。私、何やってたんだろ……。子供みたいに拗ねて空回りして、心配してくれる友達の事を無下にしちゃって……」

「ああ、俺達はまだ子供だ。間違える事なんて沢山ある」

笹身はゆっくりと立ち上がる。

俺は笹身の足が心配で手を貸そうとした。が、笹身は吹っ切れたような笑顔で首を横に振った。

「今度は本当に大丈夫です。先輩、ずっと謝りたかったです。馬鹿な事をしてごめんなさい……」

笹身は深く頭を下げた。ゆるい雰囲気はない。心が籠もっている。

俺の心に温かいものが流れた。そういえば、俺は笹身とずっと密着していた……。あまり気にしていなかったが少し恥ずかしいな。

「問題ない。怪我は大丈夫か？」

顔を上げた笹身は俺に元気良く言う。

「はいっ！　大丈夫っす。私……歩きながら色々考えたいです。陸上部の事やクラスの事や将来の事を……。きっとお兄ちゃんがいたら先輩みたいなんだろうな。先輩……ありがとうございました。私自分なりに頑張るっす！」

俺は笹身の勢いに圧倒されてしまった。そこに気負いは無い。

まるで人が変わったみたいに雰囲気が変わった。

なるほど、笹身は本当は可愛らしい少女であったんだな。笹身は一人で歩き出した。俺は手を貸さない。ゆっくりとした足取りだが前を向いている。その姿は美しいものであった。なるほど、人を美しいと思える瞬間、それは色んな時にあるのだな。

俺達はそのまま電車に乗り込んで豊洲駅までたどり着いた。……特に俺がいる必要も無かったが何故か一緒にいたいと思えたんだ。ちゃんと帰るまでがトレーニングだ。

改札を出ると笹身ははっとした顔に変わる。

「せ、先輩、ここまで来てくれたけど、もう大丈夫っすよ！　送ってくれてありがとうございます」

「ふむ、俺が送りたかっただけだ。足の様子も気になっていたしな」

笹身は俺に何か言いたそうであった。口を小さく開けては閉じていた。

ふと、気がつくと視線を感じた。視線の先には笹身そっくりの女性が立っていた。

「あっ、お母さん……」

笹身はその女性に気がつくと今までに見たことのない表情を浮かべていた。これは……どんな感情なんだ？　俺はそれを知らない。すごく眩しいものを見ている気がする。

女性は笹身に気がつくと顔をほころばせる。その様子がひどく胸に響いた。

そうだ、一人ひとりに人生というものがあるんだ。笹身には大切な家族がいる。

それは凄く素晴らしい事だ。

「あらあら美々ったらデート？　すごく素敵な人じゃないの。あらやだ、私ったら挨拶もしなくてごめんなさい。美々のお母さんです」

「お、お母さん！　違うよ⁉」

「し、失礼、俺は藤堂剛と言います」

「あら〜、藤堂君ね、美々からよ〜く聞いてるわよ。あっ、美々、今日は奮発してすき焼きなのよ！　ふふん、今日いい事があってね。お父さんの昔の友人の会社で働けることになったのよ。ちゃんと正社員よ‼　あっ、もしよかったら藤堂君も夕ご飯どう？　美々の小っちゃい頃のお話してあげるわよ！」

「う、うぅ、恥ずかしいよお母さん」

「いや、今日は遠慮しておく。その、笹身と二人で祝ってほしい」

「あらそう？　ならいつでも遊びに来てちょうだいね！　私も美々も大歓迎よ」

笹身は恥ずかしそうに俯いているが、お母さんは笹身を見つめて嬉しそうであった。笹身は気がついていない。お母さんは笹身の変化に気がついている。なぜならお母さんは涙を殺しているような声色であったからだ。そうか、親というものは子供の事がわかるんだな……。

「藤堂君、美々を……ありがとうね」

「いや、俺は大した事をしていない」

「それでも、よ」

「お母さん、もう行こ！　あっ、先輩、なんかうるさくてすいません……」

「いや、とても良いものを見られた。それでは俺はこれで帰る。お母さん、失礼します」

お母さんは笑顔で俺に手を振ってくれた。きっと素敵な晩餐になるのだろう。

「あっ、先輩……、さよなら……」

俺は不安げな顔の笹身に近づく。笹身の手を両手で握りしめた。こうすると感情が伝わる、経験したからわかるんだ。


「笹身、また一緒に走ろう」


押し殺していた感情が笹身の手から伝わる。押し殺していた笹身の感情が表情に表れる。

笹身が言いたかった言葉。俺には何故かそれがわかった。

「あ、あれ？　なんで……、悲しく無いのに……。う、嬉しいのに……」

笹身は涙を堪えられなくなった。俺の手を強く握りしめる。思いが伝わる。

笹身は俺から手を離した。鼻水を垂らして泣いている顔からは強い意志を感じられる。

お母さんが笹身の肩を抱きしめて頷く。そして、二人は豊洲の街へとゆっくりと歩き出したのであった。

笹身を見送った俺は電車には乗らず地上へと出る。そして俺は走り出した。

何故か無性に走りたくなったんだ。笹身とお母さんを見ていたら優しい気持ちになれて嬉しくなって……、そして少しだけ淋しくなった……。俺に家族なんて存在しない。エリは……違う。

とても良いお母さんで良かったな、笹身。

寂しい気持ちを抑えようとすると速度がぐんぐんと上がる。いつしか寂しい気持ちは薄れていく。

なぜなら俺には大切な人たちがいるんだ。だから寂しくなんてない。

みんなの顔が脳裏に浮かぶ。何か一歩成長出来たような気がした。気の所為ではない。

確かな何かを捉えることが出来たのだ。

自動販売機が目に入った。俺はそこで止まり缶コーヒーを買う。

「……少し苦い。だが――」

コーヒーはいつもよりも格段に美味しく感じられた。

＊＊＊

先輩とのあの日から数日が経った。

身体のコンディションはあんまり良くなかった。足は痛くて上手く歩けない。練習も出来ない。でも心は晴れやかだった。

教室ではいつもどおり独りぼっちだったけど、あんまり気にならない。俯瞰して自分を見る事ができる。

「あれ？　笹身ちゃん髪型変えたの？」

陸上部の中島さん。この子は本当に私の事を心配しているだけなんだ。そんな事もわからなかったんだよね、私。

「えへへ、さっぱりしたっす」

「あっ、なんか雰囲気違うよ！　そっちの方が全然いいよ！」

「あ、ありがと」

きっと中島さんは空気を読むのに長けているんだろう。教室で孤立しそうになった私を助けたい。そこには善意しか存在しない。稀有な生徒なんだろうね……。

私みたいに打算で生きてきた人間とは違う。

「……笹身ちゃん、これ渡していいか迷ってて……。少し割れちゃっているけど綺麗に洗っておいたよ」

中島さんは私が捨てたお弁当箱をカバンから取り出した。

「あっ……」

「部活の時、思い出が詰まった大事なお弁当箱って言ってたもんね」

私はお弁当箱を受け取る。蓋が少し割れていたのに接着剤でくっつけてある。

「えへへ、また一緒に昼食食べようね」

そっか、本当に私は素直じゃなかったんだね。お母さんとの思い出が詰まったお弁当箱。

私はそれを大事にカバンの中へとしまった。そして、中島さんにちゃんと向き合った。

「ありがとう……。お弁当箱だけじゃなくて、その、こんな私に色々……」

「駄目だよ笹身ちゃん！　こんな私じゃないよ！　笹身ちゃんはとっても可愛いし足が速いし、優しい子だって知ってるもん」

本当に優しいのは中島さんだよ。

「へへ、だって友達だもん。あっ、先生来たよ！　また後でね」

「うん、またね」

また後でね、っていう言葉がすごく嬉しい。中島さんは自分の席へと戻って行った。

朝のＨＲの時間。担任の中村先生はいつもしかめっ面の若い女性の先生。とても優秀だけど少し怖い。

先生の後ろには制服をきっちりと着込んだ男子生徒がいた。

にわかに生徒たちがざわめく。

「あれ誰？」

「こんな時期に転校生？　ていうか髪が長すぎて顔見えないじゃん」

「オタク系かな」

「男ならどうでもいいな。髪長えなら女子が良かったぜ」

「だよな～」

中村先生が冷たい視線で辺りを見渡すと生徒たちは静かになる。なんだろう、珍しく諦めにも似た少し疲れた表情をしている。ゆっくりと口を開いた。

「……ふぅ、時期外れの転校生だ。これからお前らの同級生になる。――島藤透君だ。おい、挨拶しろ」

島藤と呼ばれた男子生徒……、どっかで見たことが……。

背筋をピンと伸ばした綺麗な礼をして顔を上げる。髪が長くて顔がよくわからない。

「うむ、自分は島藤透、階級は……、失礼、ここでは必要なかったな。忘れてくれ。趣味は猫の観察と漫画だ。よろしく頼む」

「結構だ。ではお前の席は……、笹身の横が空いてるか。そこに座ってくれ。わからない事があったら近くの誰かに聞け」

「了解だ」

「……お前は一応敬語を使え」

「りょ、了解であります」

「……まあいい。というか、髪がうざいから結わえ」

疲れた顔の先生は顎で島藤に席に座るように促す。島藤は前髪が長すぎて前がよく見えないはずなのに器用に歩く。

あっ――

前の方の席にいる鮫島君がが含み笑いをしながら足を出そうとしていた。

多分本人にとってはただの冗談。悪意も何もない。それでも嫌な気持ちが胸の奥に広がった。

島藤の見た目は明らかにオタクっぽい感じ。この先いじられる事になるかもしれない。

なんか嫌だな……。

思わず私は立ち上がって島藤のところまで行こうとした、その時――

島藤は鮫島君の前で止まった。

「そうだな、髪が邪魔だった。今朝の任務で千切れてしまって忘れてた。――ところで」

ポケットからゴムを取り出して髪を後ろに束ねて男子生徒を見つめていた。

教室の全生徒の視線が島藤へと向く。主に女子生徒からの熱視線だ。悲鳴を上げている生徒もいる。好みじゃないけど、とんでもなくイケメンだと思う。藤堂先輩の方がかっこいいけど。あれれ、やっぱ見たことある人？

「……どこも変わらないな。洗礼というものだろう。足を踏み抜いてもいいがここはそういう場所ではない。学園漫画で学習したぞ。この後校舎裏に呼ばれて喧嘩を売られるんだろう？　それが不良の青春と理解しているぞ」

「い、いや、お、俺は別にそんな……、な、和ませようとしただけで……。て、てかお前なんかおかしいぞ!?」

「ふむ、漫画とは違うのか。しかし足をかけたら大怪我するかもしれないのにそんな事したのか？　いいか、物事には覚悟が必要だ。自分がやることは自分にも返ってくるぞ。俺は藤堂とは違ってそんなに優しくない」

島藤の雰囲気が変わる。なんだろう、藤堂先輩にそっくりだ。……あっ、この人、知ってるっす！　駄目な人だ！

「学校前で私をナンパした変な人っす！　ちょっと、鮫島君をいじめちゃだめっすよ！　ほら、こっちに座るっす！」

「き、君は……」

身体が勝手に動いていた。島藤の制服を裾を取って無理やり席に座らせる。

「学校はみんなで仲良くするところっす。ほら、鮫島君も謝って、島藤君は大人しくして先生の話聞くっす」

「りょ、了解だ」

「あ、ああ、冗談でも悪かったよ、ごめん……」

島藤の顔が赤い。なんでだろ？　すごく挙動不審な動きをしている。

「はぁ……、大丈夫そうだな。よし、島藤の教育係は笹身で決まりだ。これでHRを終える。ちゃんと勉強しろよ。絶対面倒起こすなよ」

えっ？　なんで⁉

疲れた顔をした先生はそれだけ言って出ていってしまった……。

「マジっすか」

「よ、よろしく頼む……」

さっきとはうって変わって身体を縮こませている島藤。まあいっか。きっと悪い人じゃないよ。色んな人がいるもんね。話せば分かりあえるもんね。

ね、そうでしょ？　先輩——

第十話　藤堂剛の日常

お昼休み、今日は教室で一人でパンを食べている。田中は職員室に呼ばれて、花園は体育祭の実行委員という仕事があるようだ。

以前は一人で食べていると寂しさというものを感じた。今はそんな事はない。一人でいても大切な人と繋がっている、そんな気持ちになれるのだ。

それに、クラスのみんなと少しだけ馴染めてきた。

「あれれ？　藤堂君、今日は田中さんいないのね？　ならさ、藤堂君も一緒に御飯食べようよ！　えへへ、お兄ちゃんいいでしょ？」

話しかけてきたのは東郷玲香。クラスメイトの東郷武志のほわほわした性格の義妹だ。

「おっ、別に構わねえぞ。ってか、天童!?　俺の唐揚げ食ってんじゃねえよ!?」

義兄である東郷武志はいつも通り騒がしい。

「うっさいわね。あんたのものは私のものなのよ！」

「それ食いかけだっての⁉」

「べ、別に、は、恥ずかしくないもん！　お、大人なこの私が、そ、そ、そんな事でうろたえないもん！」

東郷にちょっかいをかけているのは天童冬美。アイドルという特殊な職業をしており、時折人格が変わる女の子だ。

「あはは、ちょっと騒がしいけど楽しいでしょ。ほらほら、藤堂君もこっちこっち」

「う、うむ」

何かの小説で読んだような関係の三人。どうやら二人とも東郷に好意を持っているようだ。……東郷が刺されなければいいが。しかし、義妹は結婚できるのだろうか？

「おっ、んだよ。俺も焼きそばパン買ったぜ。今日は練習ねえから俺もここで食うぜ。日向と狭間もこっち来いよ」

教室に戻ってきた龍ケ崎がこちらへとやってくる。

ずっとPCを弄っていた日向さんがこちらに振り向く。俺を観察するように見つめてから頷く。机の上で寝ている狭間遊矢がムクリと起き上がる。

そして、田中以外のEクラス特別教室の全員が集まったのであった。

何故か東郷がガッツポーズをしている。

「っしゃ！　俺、コミュ障だから藤堂とどうやって話していいかわからなかったぜ。田中怖えし」

「あんたコミュ障じゃないでしょ⁉　今度は田中さんも誘って御飯食べましょ」

「や、藤堂ってスラム出身じゃねえよな？　なんか妙な気配すんだよな。だから話しかけづらかったんだ」

スラムとは……？　ここは日本である。そんなものは存在しないはずであるが……。

「俺の出身はこの辺りだ。スラムという所ではない。ふむ、東郷は俺を警戒していたのか」

「まっ、多分大丈夫だろ。てか飯食おうぜ」

「ちょ、玲香！　それ私のミニハンバーグ‼」

玲香さんが天童さんのハンバーグを奪い、日向さんが俺の横に座る。

「……藤堂、実験、してみたい。いい？」

「じ、実験だと？　い、いやそれは勘弁してもらいたい」

距離が近い。日向さんのメガネの奥にある瞳が輝いている。

「日向さん、藤堂君が困ってるからね。みんな僕と違って才能あるからすごいよね～」

「あん？　年寄り臭（くせ）えんだよ、狭間は。てかお前が一番怖（こわ）いんだよ」

なんとも賑（にぎ）やかな昼食となった。俺はコクコクと頷きながら焼きそばパンを食べる。ふと気になる事があった。

「そういえば、特別クラスは体育祭に出ないのか？」

玲香さんの頭を撫（な）でている東郷君が答える。

「んあ？　そういやそうだな。体育祭って行事に出た事ねえや。てか、あれって一般（いっぱん）教室のイベントだろ？」

「お兄ちゃん、プリントに書いてあったでしょ。特別クラスでも希望者が多かったら参加できるって。でも特別クラスの生徒は忙しいから出ない人が多いよ」

「ふむ、なるほど理解した。出られなくはないんだな……」

体育祭か、少し興味がある。中学の頃はあまり良い思い出はないが、何か新しい発見ができるかもしれない。

花園は実行委員と言っていたな。委員会はもう終わっているだろうか？　佐々木（ささき）さんに借りた本を返しに行くついでに教室を覗（のぞ）いてみるか。

パンを食べ終えた俺は東郷たちに挨拶をして一般教室へと向かうのであった。

一般教室の校舎の廊下を歩くと笹身が陸上部の女友達と一緒にいるのを見かけた。以前笹身に紹介された事がある。確か中島さんという女の子だ。

俺と目が合うと、笹身は笑顔でペコリとお辞儀してくれた。はにかんだ顔は以前よりも幼さが目立つ。

中島さんと手を繋いで、一緒にお手洗いへと消えて行った。

笹身はとても自然体に見えた。少し疲れた顔をしていたけど気の所為だろう。

背伸びしていた仮面が剥がれた感じだ。まだまだ色々大変な事はあるだろうが精一杯悩んで前に進めばいい。俺と同じなんだ。

……そして、妙な人物を発見した。

「なぜ貴様がここにいる……」

何故か女子トイレの前でウロウロしている島藤がいた。髪が随分とすっきりした印象だ。

俺の警戒度がマックスに高まる。しかし、島藤の様子が少しおかしかった。

「と、藤堂か。ふん、色々あっていまはこの学校の生徒だ。そんな事はどうでもいいぞ。笹身さんを見なかったか？」

「笹身だと？　もしかして貴様は俺の知り合いと接触して――」

「そんな些末な事どうでもいい。あっ、笹身さん、中島さん！」

お手洗いから出てきた笹身と中島さんを見つけると、俺を無視してそちらへと向かっていった。

……これは一体何事だ？

「ちょ、島藤、なんでトイレまで付いてくるのよ⁉」

「わわ、笹身ちゃんがいなくて寂しかったんだよ」

「い、いや、危険な輩に襲われないか心配で護衛として後をつけて」

「ストーカーっすよ、バカ！」

「……わ、悪かった」

島藤は笹身に怒られてシュンとしてしまった……。

「うん、いいっすよ。てか、一人で寂しかったんだもんね。そういう時ははっきり言いなさい」

「了解だ」

「えへへ、今日も楽しそうだね！」

中島さんは笹身と島藤のやり取りをお母さんの様な眼差しで見守っていた。

「ふ、ふん、今日はグルメ漫画を参考にしたお弁当を持ってきたぞ。ひ、必要なかったか？」

「あー、もう、調子狂うな……。島藤、落ち込んでないで一緒に行くっすよ。……島藤のご飯は美味しいよ」

「ああ！」

三人は立ち去っていった。俺は後ろを見送るだけだ……。

なんだこれは。

……ま、まあ島藤の目的はわからないが、とりあえず問題はなさそうだ。とりあえず俺は俺の用事を済ませよう。


俺は佐々木さんに借りた本を返すために元の一般教室へ行くと、道場が女子友達と談笑をしていた。

棘が抜けたその表情はとても美しいものであった。

俺が教室に入ったのに気がついたのか、顔を上げ柔らかい笑みを浮かべ会釈をしてきた。

俺もペコリと返す。

俺は目的である佐々木さんの席へと向かう。

佐々木さんは手を振りながら俺を迎え入れてくれた。

「ねえねえ、藤堂君。今一年生で凄く可愛い子がいるって話題なんだけどさ、笹身ちゃんらしいんだよ。何かあったのかしら？　なんか、陸上部の子と手を繋いで……ふふ、素敵な百合カップル……」

「仲良しなのはいいことだ。……ところで、この本は女子同士で恋愛をするのか？　俺にはまだ理解が追いつかない……」

五十嵐君も佐々木さんに会いに教室へ来た。

俺は二人ととりとめもない会話を交わし、二人の邪魔をしては悪いと思い、教室を出るのであった。

それにしても良かった。笹身があそこまで変わってしまうとは……、笹身は確かに可愛くなった。笹身を見ていると、友達だった猫を思い出す。彼女も可愛い顔をしていた。道場はやはり犬に似ている。

……授業開始まで時間がある。次の目的である花園のクラスに向かい体育祭について聞いてみるか。もしもいなかったら時田先生に相談すればいい。しかし、あのクラスは清水君がいるから入りづらい……。笹身の話によると彼も昔は普通の男の子であったようだ。何が彼を変えたんだろうか？　……人間というのは本当に難しいものだ。

俺は清水君を警戒しながら教室を軽く覗いてみた。

清水君は男子友達と談笑をしていた。落ち着いた雰囲気で毒気が抜けている。刺されていなくて良かった。どうやら男子からはモテモテらしい。清水君の周りの男子は距離が妙に近い……。佐々木さんが持っている本みたいだ。うむ、見なかった事にしよう。

教壇の近くで誰かといる花園の後ろ姿を見た時、俺は心臓を掴まれた気持ちになった。

花園は男子生徒と談笑をしていた。

背中越しだから表情は見えない。

とても楽しそうだ――

花園に男子の友達がいてもおかしくない。そもそも以前の俺であったなら花園が誰と喋っていても興味が湧かなかっただろう。

だが、今は違う。もちろん花園に男子友達がいるのは良い事だと思う。

相手の雰囲気が友達のそれとは違う。

――あれは――花園に好意を持っている空気感だ。

花園と話している生徒をよく見ると――御堂筋先輩であった。

俺は一度だけ話した事がある。……花園のラブレターを渡した時だ。過去の過ちが心を突き刺してくる。

花園の横にいた女友達が俺に気がついて、花園に何かを告げていた。花園は振り返った。

その顔は少しだけ焦った表情をしている。俺はそんな花園の顔を見るのが嫌だ。違う、そんな顔をしてほしくない。

御堂筋先輩に断りを入れて俺の所へやってくる。

「つ、剛、おはよう。珍しいね、この教室に来るなんて――」

「花園……、安心してくれ。俺は変な勘違いはしない。いつもどおりでいいんだ」

「あっ……、そっか、うん……。ありがとう、剛。御堂筋先輩は実行委員会で一緒でね、わからない事を教えてくれるんだ」

「そうか、やはり彼はとてもいい人であるのだな」

御堂筋先輩が俺に近づく。

「やあ、藤堂君、こんにちは。僕はそんなに良い人じゃないよ。だって、君から花園さんを奪おうとしているんだから」

「せ、先輩やめて下さい⁉ わ、私は断りました……」

「うん、知ってる。でもね、諦めきれないんだ。君を知れば知るほど本当に素敵な女性なんだよ。だから、藤堂君――僕は君に負けない――」

嫌味も悪意も感じない。御堂筋先輩はとても良く出来た人間である。それはクラスの雰囲気を見ているとわかる。だれもが彼の事を歓迎している。

「ふむ、まずは俺から謝罪しよう。花園のラブレターを間違えて手渡したことを。その折は大変申し訳無い事をした」

俺は深々と頭を下げる。心の奥から燃え上がるような感情が浮かび上がる。確かに花園との関係はリセットした。だが、そのリセット以上の関係性を築き上げているのだ。それは俺の努力なんかじゃない。全部花園のおかげなんだ——

俺は顔を上げて御堂筋先輩を見つめる。

「——だが、それとこれは別だ。花園を奪うだと？　花園はモノではない。感情を持った人間で俺の大切な『幼馴染（おさななじみ）』だ。選択（せんたく）するのは花園であって御堂筋先輩や俺ではない。俺は花園を信じている」

正直、心に渦巻（うずま）いた感情は嫉妬（しっと）というものであろう。この感情を俺は知っている。経験した事がある。あの時は持て余していた。今は——違う。自分と向き合うんだ。

「剛……。へへ、私も剛の事信じてるよ。——御堂筋先輩、ごめんなさい、お祭りは一緒に行けないです。ずっと前から剛と行く約束してるんで！」

「祭り、約束？　それは中学の頃のあれか」

「うん、そうよ！　ずっと行けなかったでしょ？　商店街で少し早い祭りがあるから一緒に行こ」

「ああ、一緒に行こう」

御堂筋先輩は俺に近づく。

「全くかなわないな……。だが俺も諦めが悪い男だ。今度の体育祭で君と勝負しよう。俺が勝ったら花園さんをデートに誘う」

「いや、それも本人の意思を無視しているではないか。良くない事だ」

「た、確かにそうだけど、別に俺も本気でどうこうするわけじゃないさ。ただ君と勝負したくなっただけだよ」

「ふむ、体育祭か……。ちょうど調べていた所だ。果たして俺は体育祭に出場できるのか？」

「えっと、藤堂君は特別クラスだろ？　担任の先生から書類をもらって記入したらきっと出られるはず」

「なるほど、やはり時田先生か。御堂筋先輩、ありがとう」

御堂筋先輩は不思議そうな顔で俺を見ていた。

「君は……、本当に以前の君か？　随分と変わったような気がする」

花園が俺の手を取って歩き出す。振り返りながら御堂筋先輩に伝えた。

「はい、剛はすっごく変わったんですよ！　……でも、大事な幼馴染って事は変わらないです。御堂筋先輩、失礼します！」

御堂筋先輩はなんだか優しい目で見守ってくれていた。

「ま、待つのだ花園。そ、その、少し恥ずかしいではないか……」

「うっさいわよ。私だって恥ずかしいわよ！　あんたバイト入れてないわよね？　お祭りがポシャったら怒るからね！」

廊下を歩く俺達。少し顔が赤い花園、俺もきっと顔が赤いのだろう。なんだろう、非常に照れくさい気持ちになってしまった。

＊＊＊

特別Eクラス。生徒数はたったの七人。生徒たちは何かしらの専門分野に特化した人間である。他の特別クラスとは違い、何かしらに問題がある生徒たちが集まっている。

例えば運動が得意な龍ケ崎。彼女は極度の緊張により本番では結果が出せない人間だ。田中は何が特技かまだ俺は知らない。だが、何かしらの理由があってこのクラスにいるのだろう。

人間誰しも不得意な事があるものだ。仕方がない。

今日も何事もなく放課後となり、みんな帰り支度を始める。

「藤堂、今日はバイトないよね？　私バイトだから先行くじゃん！」

「む、そうか。俺は体育祭なるものを調べてみようと思っている」

田中との関係性はとても良好なものへと変わっていった。記憶を全て取り戻した事によって思い出が共有できる。それはとても大事な事である。

それに、リセットした感情は育めばいい。リセットした感情を戻す事は俺自身が壊れるほどの難易度の高さだ。

「へー、体育祭ね。特別クラスはあんまり関係ないから気にしていなかったじゃん。てか、確か任意参加らしいよね、みんな仕事とかあるしね」

「ふむ、学生なのに仕事とは大変だな」

「芸能Aクラスとかはほとんど学校来てないしね。あっ、行かなきゃ……。藤堂、また明日ね！」

田中は俺の肩をぽんと触って小走りで教室を出ていくのであった。非常に可愛らしい仕草である。……うむ、心がほわほわする。

感情は不思議なモノだ。思い出が共有されると強固な強さを得る。俺は田中とのデートを一生忘れないだろう。

田中の背中を見送る。

「ちょっと……藤堂君、そこ通るね」

「む、これは失礼した」

天童冬美さん。アイドルの仕事をしている生徒であり、東郷の事が気になる強気な女の子だ。花園と似た髪型……確かツインテールという髪型をしており、肉感的な体型はとても親しみが持てて愛嬌があり人を安心させる顔立ちである。

天童さんは俺に頭をペコリと下げて教室を出ていく。俺も頭をペコリと下げ返す。今日の天堂さんは大人びている方の天童さんだ。……彼女は人格が全く違う時がある。花園みたいにツンツンしていて子供っぽい時と、今の大人っぽい知性あふれる天童さん。

どちらも本物なのだろう。

それにしても挨拶は気持ちの良いものだ。よし、体育祭の事を担任に聞きに行こう。俺も教室を出るのであった。

＊＊＊

「時田先生ならAクラスに行ったわ。もうすぐ戻ってくると思うからここで待つ？」

特別校舎の職員室は少し苦手であった。特段変わった所はない。しかし、あまりここにいたくない。何故か小学校の頃の空気感を思い出してしまうからだ。

俺は知らない先生に御礼を言ってAクラスへと向かう。知らない廊下を歩くのは少し緊張する。

「あれは？」

Aクラスの扉の前に天童さんが立っていた。天童さんはAクラスの誰かと話している。知らない生徒だ。

「はっ？　なんであたしがあなたの言う事聞かなきゃならないのですか？　Eクラスの生徒は黙ってあたしの言う事聞きなさい！」

「希さん……。夜遊びは危険よ。あまり良い噂を聞かないわ」

ふむ、天童さんは人格が変わると本当に別人に思えてくる。いや、別人なのだろう。あの小学校にも多重人格者はいたはずだ。

「別に夜遊びじゃないですわ。あたしは人探しをしてるだけですの。それに万年脇役のあなたにトップアイドルのあたしのストレスがわかるかしら？　無駄な心配はやめてくれません？　あなたは早くアイドルを辞めた方がいいわよ」

悪意は感じられない。それよりも善意の空気感が強い。内容は天童さんを見下しているように見えるが、意地悪ではない。まるでアイドルという仕事を続けない方が良いと警告しているようだ。

「希さん……、何かあったら私に連絡して」

「嫌よ。あなたはそのまま一般人になればいいのよ。大体ね、幼なじみだからってあたしと同じ芸能界に入って……、――待ちなさい、あなたは誰？　あたしは見ていいと許可してないわ」

やっと俺の存在に気がついてくれた。俺は教室に入って時田先生がいるか確認したいだけだ。

あまり好きな空気ではない。花園から少し聞いたことがある。女子同士は陰で口喧嘩をする時があるらしい。中々攻撃的な雰囲気だ。

「天童さん、よくわからないが助けはいるか？」

「いえ、必要ないわ。人の心は難しいわね。藤堂君、また明日ね」

天童さんは頭をペコリと下げて帰ってしまった。俺もペコリと頭を下げる。

そしてAクラスを覗き見た。どうやら時田先生はここにはいないようだ。行き違いだろう。明日の朝にでも聞けばいいか。

「……あなた勝手に芸能クラスを覗き見ないで頂戴。……変態ですの？　警察呼びますよ」

先程の女の子が怒りをあらわにしている。

「俺に話しかけているのか？　俺は時田先生を探しに来ただけだ。怪しいものではない。二年特別Eクラスの藤堂剛だ」

「……あなた、あたしを見ても騒がないの？」

なんだろう、花園とは違った口調だが、とても攻撃的な雰囲気を持っている。くるくるの巻き髪はまるでクロワッサンのようで美味しそうだ。瞳の色が通常とは違う、なにかの病気か？

「いや、すまない。俺は君と初対面のはずだ」

「あら？　それは自尊心を傷つけられるわね。あたしの事を知らない人なんてこの世界にはいないわよ」

「ふむ、テレビは最近観始めた。犬と猫が出てくる番組をよく観る」

「……本当にあたしの事わからないの？」

「だから初対面と言っているだろ」

女の子から敵意の眼差しが薄れていった。何故だ？　そして好奇の視線へと変わる。

「なら教えてあげるわ。あたしは西園寺希。トップアイドルとして君臨しているわ。この芸能クラスで二番目に有名な存在よ」

「ふむ、西園寺さんか。同じ特別クラスとしてこれからもよろしく頼む」

「……お、驚かないのね。……ま、まあいいわ。Ｅクラスの人間なんて興味も無いわ。早く消えなさい」

「おかしな話だ。ただのアルファベットの区分けが差別的な事につながるとは。俺たちは子供で普通の生徒だ。そこに何も差はない」

「そうかしら？　子供には子供の世界があるでしょ？　生まれた時から差があるのよ」

「それは……、悲しい考えだ」

だが、おかしな空気感だ。発言している西園寺からも悲しい気持ちが感じられる。

「別にあなたと議論するつもりはないわ。あなたはあたしよりも下、それだけよ」

「ふむ、一度職員室に戻ってみるか。もしかしたら時田先生もいるかも知れない」

「ちょっとあなた人の話聞いてるの？　あたしは——あっ、先輩……」


廊下の奥から二つの足音が聞こえる。聞いた事があるリズムの足音だ。だが、花園ではない、田中でもない、道場でもない、笹身でもない。一人は平塚すみれである。こことは違う制服を着て俺に手を振っていた。もう一人は……知らないはずだ。……なのに懐かしい足音だと思える。

足音は小走りになり、徐々に俺の方へと向かってくる。

知らない顔の女子生徒……ではなかった。あの写真立ての中の女の子の一人だ。

「あぁ！　『堂島』先輩！　学校来てたんですね！」

西園寺の言葉が心に引っかかる。堂島……、俺はその名前を知っている……魂が反応している。

「堂島……あやめ……」

記録の引き出しが勝手に開く——『堂島』、あの小学校では堂島の名前は特別だ。もっとも優秀な生徒に与えられる名前。

意識が西園寺の声をかき消す。堂島と呼ばれた女の子、いや、女性を見つめる。

俺よりも少し低い程度の身長、スラリとした手足、華やかという言葉が似合う女性。

平塚は軽く手を振るだけで話しかけてこない。平塚は西園寺さんの身体を引いて教室へ引っ込んでしまった。まるで俺と堂島の二人だけの時間を作ってくれているみたいだ。

堂島は目に涙をためて俺を見つめていた。

アパートの写真の人物の一人……。俺の知らない俺が存在している写真。

「とう、ど、う？」

「俺は君を知らない、だが……、とても懐かしい気分だ」

「一緒に卒業できなかった……」

「すまない、わからないんだ」

「もっとお喋りしたかった」

「それもすまなかった。……断片的だが思い出せる時もある。君は『堂島あやめ』だ」

「それだけでもすごいわよ。捜してたのよ、バカ」

「すまない、ずっとこの学校にいた」

「エリのせいね。私の認識能力を無くして、でも、なんで今になって――次の実験段階？」

「俺にはわからない。だが、いつかあやめの事も思い出す」

「そう、それだけで十分よ」

堂島と呼ばれた女性は俺を優しく抱きしめた。とても良い匂いがする。懐かしい匂いであり、温かく、心地よく、眠くなりそうな……。

「ちょ、ちょ、ちょ、ちょっと⁉　あなた堂島さんと知り合いなの？　だ、抱きしめてるわ⁉　あわわ、あわわぁ、ちゅーするの⁉　ど、どうしよう⁉」

手で顔を覆い隠す真っ赤な顔の西園寺。……手の隙間から凝視しているのは何故だ？

「二人の時間にするっしょ！」

平塚が再び西園寺を引っ張り、教室に引っ込んでしまった。

「藤堂もこの『特別クラス』に来たんだ……。ううん、きっと大丈夫。前と藤堂の雰囲気が違う。ならきっと今度は――」

その時、堂島のスマホが震える。堂島がスマホを確認する。

「行かなきゃ。またすぐに会えるから。その時話そ」

「そうか、また会えるなら。……これが同窓会という気分なのか」

「ふふ、そんな冗談言えるようになったのね。またね、あとは平塚さんにお願いするわ」

堂島あやめは去っていった。

体育祭の事を聞くために来ただけなのに理解が追いつかない事態に陥っている。

こういうときはコーヒーを飲んで落ち着きたい。

平塚と西園寺が教室から出てきた。

「ね、ねえ、あなた堂島先輩と、こ、こ、恋人なのかしら？　だ、抱きしめ合うなんて、その、エッチすぎるわ！　子供ができちゃうわ！」

「な、何を言っている、生物学的に不可能だぞ……。それに彼女は恋人ではない。多分小学校の頃の同級生だ」

平塚が西園寺の頭を軽く叩く。

「あんた見た目よりもちょっとおバカな感じ？　落ち着くっしょ！」

「……べ、別に落ち着いてるわ。あたしは大人なアイドルですわ！」

……少し疲れた。頭を休ませたい。コーヒーを飲みに行こう。苦いコーヒーがとても飲みたい気分だ。

「藤堂、今コーヒーでも飲みたい顔してるっしょ。美味しいところ連れてってあげるわよ」

「うむ、流石は平塚だ。よくわからないがお願いする」

「そうあたしは大人なアイドル。……ちゅーくらいで動揺しないわ。……ちゅーってどんな感じなのかしら……」

何故か身悶えている西園寺を放置して、俺と平塚は校舎を出るのであった。

＊＊＊

中学の時、花園とお出かけをした新宿のタピオカ屋さんは潰れていた。あれは夏の暑い日であった。そこで頼んだコーヒータピオカが苦くて美味しかったからまた飲みたかった。

俺は平塚に連れられて新宿の街に再び降り立つ。駅前のスターバックスなるカフェに入るのであった。

俺はエクストラコーヒー キャラメル フラペチーノという商品を注文して席に座る。

「西園寺希、正真正銘トップアイドルの女の子ね。わがまま、素行が悪いって噂だけど多分それは噂でしかないっしょ。てか、どうでもいいね」

「ああ、あまり興味がわかない。ところで姫」

「……違うでしょ」

「う、うむ、平塚。なぜ君はあの女性『堂島』と一緒に学校にいたのであるか？　それに何故うちの学校に？　平塚は違う学校に通っていると思っていたが」

平塚は少し意地悪そうな顔をしている。

「へへ、堂島さんはあーしの師匠っしょ。色々教わってるんだ。藤堂の学校に来たのは下見って感じ？　あーしね、転入するかもだよ」

「ふむ、そんなに簡単に転入できるものなのか？　なんにせよ、平塚が学校に来るのは歓迎だ」

「うん、ありがと。てかさ、これってデートみたいじゃない？　学校帰りに二人でカフェに行くって」

「む？　これはデートなのか？　デートとはお互いが気になっていて段取りをつけて待ち合わせをしてお出かけするものではないのか？」

「むぅ、デートも色々あるっしょ。てか、あーしは藤堂の事気になるもん」

「……それは、なんと」

確かに平塚からは好意をいうものを感じられる。だが、俺はそれにどう答えていいかわからなかった。ふと、頭の中で花園と田中が思い浮かぶ。

「あはは、困ってる藤堂って珍しいね。ううん、気にしないで。てか、藤堂のそれって超甘くない？」

俺が飲んでいるエクストラコーヒー　キャラメル　フラペチーノはとても甘い、だがそれが良い。平塚はソイ　ラテなるものを飲んでいる。……豆乳か、噂に聞いた事があるが飲んだ事ないな。

「飲んでみるか？　俺もそれを飲んでみたい」

「え？　うん、交換しよ！」

そういえば、昔田中に自分の飲みかけのジュースを渡したら、田中の顔が赤く変化した覚えがある。あれはどういう意味であったのだろうか？

……意味などどうでもいいな。俺はその思い出を共有できるだけで満足だ。

それにしても——

「あの西園寺という生徒と話していた時、教室の奥から強い気配を感じた。あれは一体なんだったのだろうか」

「まあ西園寺は一般生徒じゃないからね。あれは西園寺の護衛の生徒か何かでしょ」

「護衛か。ならば納得できる。しかし学校で護衛など必要なのか？」

「普通の生徒はいらないっしょ。西園寺くらい有名になると必要かな」

ふむ、そういうものか。

「ふふ、このあとはゲーセン行こうか？」

「ああ、ゲームセンターは知っているぞ。写真を撮る機械があるところだ」

「へー、やったことあるの？」

俺は一度目を閉じた。あの日は特別な日だったんだ。

「……思い出せたんだ」

田中に関わる記憶はすべて消えてしまった。断片的な情報をかき集めて田中と俺との関係を学習して、構築した。唯一覚えていたのはあのベンチでのやり取り。好意だけが残っていた。その好意さえも消しさった。

だが、再び記憶は俺の中で蘇った。

「藤堂？」

俺はスマホを手に取る。そこには田中と一緒に撮った写真が貼り付けられている。

「俺はこの写真を認識できていなかった。田中の記憶を無くしてしまった。田中に関わる記憶を認識できないようになっていた。だが――」

あの日の激情が俺を変えてくれた。それは奇跡的な事に近いだろう。俺の全力であった。全てを忘れて廃人になってもおかしくなかった。

ふと気がつくと平塚の手が震えていた。その表情からは感情が読み取れない。

「そっか……。良かった。本当に良かった……。藤堂、すごいよ」

「う、うむ、平塚、何故泣いている？」

平塚の目から一筋の涙が流れていた。

「こ、これは嬉しいからだよ。……うん、記憶を取り戻せるってすごいんだよ。だって……。ううん、あーしの事はいいの。田中さんと花園と仲良くするんだよ」

——空気の変化に気がつく。以前の鈍感な俺では気がつけなかった空気。平塚は自分の感情を殺していた。それを俺に察知させないために。

「俺と平塚はクラスメイトだった」

「藤堂？」

平塚の戸惑った声が聞こえる。俺は気にせず喋り続ける。何故ならここが分岐点だと悟った。何の分岐点？　それは未来の結果でしかわからない。だが、今ここで全力を尽くさないと平塚すみれと二度と会えない気がしたんだ。

「クラスメイトとして認識がなかった」

平塚は隣の席であったが、一切記憶にない。あの夜出会っていなければ存在を認識出来なかった。

「中学の時は友達でも何でもない意地悪な女の子だと思っていた。なるほど、俺は平塚との『思い出』と『存在』を消したんだな」

そうだ、ある日を境に俺は平塚を認識しなくなったんだ。

「と、藤堂⁉ 無理しちゃ駄目(だめ)だよ。藤堂が壊れちゃうっしょ……」

確かに全身に痛みが走る。だが、この痛みは必要な痛みだ。俺が他者を傷つけてきたものが返ってきているだけだ。

ならば痛みは受け入れるんだ。

「あーし達はただのクラスメイトでしょ。街で会って懐かしくて声をかけて……。うん、それだけだよ。だからあーしの事はいいよ」

「違う、これは違うんだ。忘れられるのは……悲しくて寂しいんだ。だから——」

胸がざわつく。田中の時とは違う感覚——

魂に刻まれていない何かを必死で探し出そうとする。

「それにさ、藤堂はあーし以外の誰かと幸せになって欲(ほ)しいっしょ」

何故そこで平塚自身の幸せを望まない？

中学の頃の同級生。最近出会うまで認識していなかった女の子。

最近は妙に出会う事が多い。アドバイスをくれたり背中を押してくれたりしてくれた。平塚の顔を見つめる。……田中とは違う方向性のギャルというタイプの人間。どちらかというとヤンキーと呼ばれる側に近いだろう。

深く認識しようとすると痛みが強くなる。

「なるほど、認識しようとすると阻害されるのか。……平塚、俺の手を握れ」

「え、ええ、えええええ!?」

「早くするんだ。これは……大事な事だ」

感覚でわかる。平塚との記憶を無理に取り戻そうとしたら俺は廃人となる。

田中の時とは違う。魂に刻みつけた何かが足らない。だが、平塚が泣いているのは嫌なんだ。

平塚が恐る恐る俺の手を握る。……この感覚はきっと初めてではない。俺は平塚と手を繋いだ事があるんだ――

その時、胸の奥に秘めていた激情が明かりを灯す。それは眩しくて目が眩みそうになるような光。

『リセット』を『スイッチ』、並列思考で記憶を疑似再現、そして、更に進化させて――

俺は自分の意識を過去へ『リターン』させた。

　意識が二つに分かれる。過去に精神が全て持っていかれないために俺は喋り続ける。

「記憶の疑似再現、記憶の中を探索しているのか？　あの夏の日、俺がタピオカを飲んだ日。もっと深くだ。……夕暮れ時に二人で歩き、そして――」

瞬間、エリの顔が脳裏を埋め尽くし、意識が一瞬真っ暗になった。

俺の本能がリターンを打ち切る。力が消失してくのがわかる。

「何故エリが出てきた……。くっ、今一度――」

「藤堂、本当にいいの。あーし、エリさんと約束したから」

「エリと、約束？」

「うん、藤堂の事を見守るって、ね。だから過去なんていいっしょ。藤堂にとってあーしは重要じゃないよ。だから、花園と田中さんと仲良くしなって」

　自分自身の気持ちを整理するように俺は喋る。

「重要じゃない人間なんていない。俺は平塚と新しい関係が出来たんだ。それなのに俺は平塚の事をよく知ろうともしなかった。俺は平塚の感情を消していない。記憶を消したからこそ平塚への感情が無くなってしまったんだ。しかし、何故俺は田中の記憶を消したのに好意という感情が残っていたんだ？」

平塚が俺に微笑みかける。

「よくわからないけどさ、それって田中さんの事が大好きだったからじゃないかな？　好きっていう記憶は消したくなかったとかさ。うん、やっぱりいいよ、あーしは特別じゃなくてさ」

田中の事が好きだった。それに花園も好きだった。平塚が大切じゃないというのか？

「そんな事はない──、俺にとって平塚も大切な人だ」

言葉を発すると言霊に変わる。誰かに教わった事だ。だから俺は独り言を呟く。

思考が一つの到達点に達する。直感というものは信じていなかった。理論がすべてだと思っていた。だが、理論だけでは人間関係は構築できない。

どれだけリセットしたかわからない。

俺がこの先みんなと一緒にいるためには……。俺がもっと成長するためには──

リセットしたみんなと向き合うために──

「いつかリセットを壊さないといけない」

強固な意志の力が声に宿る。次の瞬間──リターンの残滓が俺の意識を過去へと連れて行く――

それは俯瞰して視る自分自身の過去。それは俺の知らない記憶、平塚と過ごしたあの日の長い夜の残滓であった――

＊＊＊

中三の夏休み前、俺は新宿で平塚と出会った。平塚は街で見かけた俺を面白がってからかっていた。何事も無く別れると思っていた。だが、平塚を尾行している嫌な気配を感じたんだ。人見知りをする俺は勇気を振り絞った。

「平塚、俺は新宿をあまり知らない。案内してくれないか？」

「はっ？　あーしの事興味あるの？　てか、花園が好きなんじゃないの？」

「うむ、花園は大事な友達だ。平塚の事はあまり興味無い」

「む、ムカつくわね!?　……まいっか、暇つぶしに付き合ってあげるわよ」

その時、俺は後ろを警戒するあまり前から来る人間にそこまで注意を払っていなかった。

男と肩がぶつかる。いや、ぶつかる距離ではなかった。ぶつけられた。

「てめえ前見て歩けや！　痛えな……、治療費払えよ。こっち来いや」

――リターンの残滓が場面を変える。

新宿の雑居ビルの中、俺は平塚の手を引きながら階段を走る。後ろからは追手が迫る。

「はぁはぁ、一体なんなのよ!?　なんであーしが攫われそうになるのよ、あいつら半グレなの？　あんたがさっきの奴ぶっ飛ばしたから？」

「あれはさっきの不良とは違う。とある過激派の研究所の奴らだ」

「はっ？　なんでそんな奴らが……。てか、なんで藤堂がそんな事わかるのよ」

「平塚には関係ない事だ。しかし、これはまいった、相手はあの『御子柴』だ。俺と同レベルと認識してもいいだろう。……あいつは研究所界隈で有名な男だ。高速思考が未来予測に近い精度だ」

「ちょ、関係なくないっしょ！　あーし攫われたらどうなるのよ！」

「む、頭をイジられておかしくなるであろう。俺と一緒だ」

「よくわかんないけどあんたあーしを助けなさいよ！　同級生でしょ？」

このままでは逃げ切れない。屋上に誘導されてしまった。

「ふむ、ここから降りるぞ」

「え？　ここ屋上でしょ!?　ど、どうやって？」

「しっかり掴まれ」

――リターンの残滓が場面を変える。

夕暮れの綺麗な空は儚く終わり、暗い夜へと変わる。新宿から離れた外堀通り、逃げられない電車は使わず歩いて市ケ谷を目指す。

「歩き過ぎて足痛いっしょ……。てか、夕日が綺麗だったね！　なんか超ロマンチックな感じでしょ！　てかさ、あんたさ、話すと結構まともだね。……馬鹿にしてごめん」

「ふむ、そう言われると嬉しいものだな」

平塚は俺と手を繋いでいる。自分が追われている事が怖かったみたいだ。非日常が日常に侵食する。

「まあ今日は藤堂と友達になれて良かったっしょ！　退屈な日常が少し変わったよ。ていうかさ、あんたと花園って付き合ってないんだよね？」

「む？　俺と花園は男女のそれではないが……」

「ならさ、あーしと……、え――？」

「な、に――」

相手が一枚上手であった。警戒は怠っていなかった。だが、緩やかな時間がとても俺の心を落ち着かせた。これは俺のミスだ。

唸るタイヤと銃撃の音――、平塚が奪われる。

繋いだ手が離れてしまった――

――リターンの残滓が場面を変える。

『私、ちょっと怒っているの。あの子は一般人よ。これはあなたへの正式な依頼。平塚すみれを保護しなさい。手段は選ばないで。あいつらの居場所は――』

エリからのメッセージ。俺はスマホを強く握りしめる。

再び戻ってきた新宿。リターンの残滓が次々と場面を目まぐるしく変えていく。

歌舞伎町、裏通り、中華飯店、ゲームセンター、ホテル街。

そして、再び雑居ビルで俺と平塚は二人っきりであった。

「藤堂……、あーしの事はいいから逃げて。ね、これ以上あんたが傷つく必要ないっしょ……。あーしがまた捕まればいいんだよ」

「駄目だ、それでは平塚が悲しいではないか。まだ知り合って少しだが、君はとても良い子だと判ったんだ。ならば助けるのに理由はいらない」

「でも、もう無理だよ……、藤堂血だらけだよ……」

「不可能な事などない。これから起こる事は他言無用だ。俺と平塚は今夜出会っていない。もし俺が教室で君の事を忘れた素振りを見せたら……、気にしないでくれ。必ず普通の生活ができるように俺がする」

「ちょ、あんた何言ってるのよ！　嫌だよ、忘れないでよ……。だって、手、繋いで歩いたの、忘れちゃうの？」

「……あそこで逃げ切れたと思ったが甘かったな。……とても素敵な時間であった。もっと一緒にいたいと思えたぞ」

「だったら!!」

「不謹慎だが今夜は楽しかった」

「藤堂っ!?　あ、あーし、あんたの事……」

「さよなら、平塚……。俺は『リセット』をする」

大切な人を守るためなら俺は記憶なんて消せる……。それが間違いだとしても——

――リターンの残滓が俺の意識を覚醒させる。

＊＊＊

そして、俺は現実に戻る。眼の前にいる平塚は怪訝な顔をしていた。

「藤堂？　なんか苦しそうだけど大丈夫？」

限界を超えるリセット。その度に記憶を無くす。大切な人との記憶であったり、一定の期間の記憶であったり。どうしようも無い状況を打開するために俺は何度も何度も限界を超えた。俺の脳はいつしか摩耗して壊れてしまったのだろう。

感情というものがわからなかった。それでも、俺のそばには大切な人がいたんだ。

だから平塚にも向き合え。今が俺と平塚の始まりだ。

俺の中の何かがカチリと音を立てて、はまった。

平塚から感じるのは今までのような無機質な空気ではない。そこに色が付いている。記憶が全部戻ったわけではない。頭の中の何かが変わった。今、初めて平塚を認識する事ができた。

「ああ、問題ない。ほんの少しだけあの夏の日の事を思い出したんだ」

「……そっか。それでもあーしの事はどうでもいいっしょ。藤堂には花園たちがいるんだから」

「違うっ」

今度は俺が平塚の意見を否定する。

「平塚すみれ、俺たちは友達だった。それがたった一晩だとしても、あれは忘れてはいけないものだ」

あの時離した手は……もう離したくない。なぜなら平塚は大切な友達なんだ。

平塚は俺がリターンしている間もずっと手を握ってくれていたんだ。今もその手は離れていない。

なら俺が感情を伝えればいい。俺のありったけの感情を!!

「――え……？　な、に、これ……。藤堂……」

「だから、また友達になってくれないか？　……夕暮れの綺麗な時に、外堀通りを一緒に歩こう」

「―――っ!?」

平塚が俺の手を自分の胸に当てる。俺の感情を流れていくのがわかる。きっと平塚は俺の気持ちをわかってくれただろう。平塚は俺にとって大切な友達だ。

平塚はゆっくりと顔を上げる。

「あーしは幸せを望んじゃ駄目なの……。それでも……、今だけ、今だけは藤堂に、甘えていいかな……？　友達、あーしもなりたいよ……」

平塚が握った手の力を強める。もう涙は流していない。なのに平塚は泣いているように思えた。

＊＊＊

「今日はありがとね！　やっぱ、あーし先に帰るっしょ！　またね！」

平塚はこの後、人と会う予定があり先に帰ると言った。俺は平塚を見送って、カフェの席に戻る。

俺はエクストラコーヒー キャラメル フラペチーノのおかわりをして、思考の海に潜る。

小学校の頃、俺は独りぼっちであった。本当にそうか？　写真立ての人物たちと俺の距離感は近いように思えた。記憶を失くしただけで一人ひとりと面識があるのだろう。

田中の時のように記憶を取り戻すのは難しい。しかし、断片的にだが記憶が蘇る時もある。

今回の平塚の件もそうだ。少しだけ記憶を取り戻せた。それだけで悲しみが和らぐものだ。

ならばやはりいつかリセットをリセットして全てを思い出す必要がある。

きっと彼らは大切な……仲間であったのだろう。

中学の頃、俺には花園しか友達がいなかった。それ以外は悲しくて寂しい記憶しかない。もしかしたら違うのかも知れない。俺が記憶していないだけで他の誰かと親交があったのかも知れない。

高校の俺は道場、笹身への感情をリセットした。だが、俺はリセットしたとしても関係は続けられるという事を学んだ。

無ではない。新しい温かな感情というものが生まれた。

そして田中と花園。記憶を消した少女とリセットしたとしても隣にいてくれる少女。きっと俺にとって鍵になる少女たちだ。

俺はいままで本気で生きてきたのか？　普通になろうと必死であった。しかし、それは周りというものを見えていなかった。いや、認識していなかった。

自分の輪が広がるのを感じる。それと同時に自分の心が成長していくのがわかる。

しかし、俺にとってはもう二度と味わえない奇跡的な時間なんだ。

アルバイト、社会見学、お祭り、体育祭、学生にとっては普通のイベントなのだろう。

これは自分自身との戦いなんだ。それが俺にとって普通になる事。

これは小学校の大人との戦いではない。

「――ならば――本気で立ち向かえ」

リセットから始まる青春、俺は今はっきりとそれを自覚した。

＊＊＊

市ヶ谷のアパートに帰宅する前に、平塚との記憶にあった雑居ビルを見に行くことにした。

南口から少し外れたビジネス街の脇にある雑居ビル。頭の中にある新宿の地図と照らし合わせたらすぐに場所がわかった。

「……ふむ、流石にこれ以上は思い出せないか。……いつか全てを思い出す時が来るだろう」

大通りに戻り地下鉄に向かおうとした、その時――

前から歩いてくる数人の歩行者。妙な組み合わせだ。女の子一人を大人が隠すようにして連れている。

微かに見える女の子の姿は……西園寺と名乗ったAクラスの少女であった。

……きっとこれも縁というものだろう。もしかしたら平塚たちのように友達になれるかも知れない。昔の花園みたいにキツイ性格であるが、花園は照れ隠しと言っていた。

ならば本心は違うのかも知れない。

あまり話したことがない女の子と話すのは緊張するが勇気を出してみよう。

俺は彼女らの前に立った。

俯いていた西園寺が顔を上げる。

「西園寺だな。また会うなんて奇遇だな。ここで何をしているんだ？」

「あ……、え」

西園寺から返事はない。困った顔をしている――違う、妙な空気だ。

困った顔であるが、身体が震えている。恐怖という感情に飲まれている。

「失敬、怖がらせるつもりはない」

……無理に会話を進めようとしなくていい。気になる事を聞けばいいのだ。

「教室にいた君の護衛の気配はないが、先に帰ったのか？　身体状態があまりよろしくない。病院に向かった方がいい」

「あ、あなたに心配される必要ないですわ。だ、大丈夫よ。先に帰って頂戴……」

周りにいた大人たちも柔らかな声で俺に話しかける。

「子供はもう帰りなさい。西園寺さんは私達がちゃんと送り届ける」

「む、そうか。ならば俺はこれ以上何も言わない」

大人たちは頭を下げて歩き出した。西園寺は大人に背中を押され歩く。違和感を覚える。

これは何か違う。それが何か探れ。

西園寺の背中を見つめると、西園寺はゆっくりと振り返った。

ガチガチと触れている歯の音が聞こえる。

そして――か細い、誰にも聞こえない小さな声で――、俺の耳には届く――

『たすけて……』

と呟いたのであった。

その瞬間、俺は動いていた――

＊＊＊

なんでこんな状況になっちゃったんだろう。

あたし、西園寺希はトップアイドルだ。子供の頃から芸能界にどっぷり浸かっている。自分の承認欲求のためじゃない。だって、お父さんが亡くなって……、弟が行方不明になって、お母さんが記憶喪失になっちゃって……、あたしがお金を稼ぐしかなかったんだから。

『のぞみちゃん、私ねずっと寝ていたみたいなんだよ。ねえ起きたらいきなり二十年も経っていたんだよ。あはは、告白の返事を相手に聞こうと思ったら……、もう相手と結婚してて子供もいて……私よりも先にいなくなっていたんだ。……何にも覚えてないよ』

お母さんは病院に通い続けている。精神がおかしくなった。だから、あたしが支えなきゃいけないの。

自分の容姿が優れている事は子供の頃からわかっていた。一生懸命なんて言葉では言い表せないほどの努力を重ねた。周りの子供たちが遊んでいる時にあたしはずっと練習をしていた。

お父さんの遺産がどんどん減っていく。そこまで裕福ではなかった家庭だから蓄えはない。

練習しながらお金の心配をして、それでもあたしはこんな不条理に負けないって思っていた。

「のぞみちゃん、無理しないでよね。お母さん、何にもできなくてごめんね」

お母さんの身体はどんどん衰弱してく。

入院費が必要だった。あたしは片っ端からオーディションを受けた。天然ボケだったあたしは必死に努力した。

そして、いつの間にかトップアイドルとして成長した。トップアイドルになればお金も稼げるし、行方不明の弟があたしを見ているかも知れない。お金の心配が無くなった次は弟捜しだ。やっとあたし達に少しだけ平穏が訪れたと思ってた。

あたしの事を嫌う同業者は多い。付き合おうという男が寄ってくる。

あたしは大人の世界を見てきた。だから、男なんて大嫌いだ。キツイ口調をすれば男の人は寄って来ない。

唯一安心できるのは事務所のマネージャーと護衛の生徒だけだった、なのに……、今日、その人たちに裏切られた。

あたしは売られた。

抗いたい。この場から逃げ出したい。どこかに攫われてしまう。どこに連れて行かれるか想像も付かない。怖い男の人たちの視線が嫌だ。

あたしはどうやってここから逃げ出せばいいかわからなくて泣きそうになっていた。

と、その時、変な男があたし達に話しかけてきた。学校で堂島さんと抱き合っていた破廉恥な男だ……。確か藤堂って言う名前だ。もう遠い過去の事みたい。大人たちは藤堂を軽くあしらって立ち去ろうとした。

あたしも少しだけ安堵した。だって、こいつらは普通じゃない。マネージャーがあたしに紹介したのは、なんとかっていう会社から派遣された特殊な警備会社の人間。暴力なんて簡単に振るってしまう男たちだ。藤堂が怪我をしたら困る。

背中に視線を感じる。

恐る恐る振り返ると、藤堂があたしを見つめていた。暗くてよくわからないけど、何を考えているかわからない表情だった。

――助けて。

声にならない声を漏らす。

ただの気休めだったはずなのに――返事が聞こえてきた。

「――了解だ。君とここで出会ったのも何かの縁であろう。同級生を助けるのに理由などいらない」

何が起こったかわからなかった。

瞬きをしている間に藤堂があたしの手を掴んでいた。まるで瞬間移動したみたいだ……。

「帰ろう。うちはどこだ？　送っていくぞ」

「え、あ……」

男たちの雰囲気が変わる。無駄口をたたかず邪魔者を排除しようとしている。

「だ、だめ！　逃げて！」

「ふむ、プロか。西園寺、目をつぶって耳を塞いでくれ」

とても穏やかな声だった。言う事を聞きそうになるけど、あたしのせいでこいつに迷惑はかけられない。

「あ、あたしは逃げないから……、暴力はやめて……」

とても優しい声が聞こえてきた。あたしの中にストンとそれが落ちて行く。

「泣いている女の子を放っておけるわけない」

藤堂を羽交い締めにしようとする男が空高く飛んだ。

巨漢の男が藤堂に触れた瞬間、崩れ落ちた。

スタンガンを取り出した男の手が弾け、うずくまる。

藤堂が動くたびに男たちが倒れていく。自分の感情が追いつかない。とんでもない事をしでかしているって理性が警告しているのに、藤堂から目が離せない。身体の奥から熱が湧き上がってくる。人ってこんなにキレイな動きができるんだ……。

立っている男は一人だけ。男は藤堂を見据えて構えた。

「……なるほど、一人だけレベルが大きく違う。しかしそれでは駄目だ」

「貴様、何者だ？　金をもらったからこんなチンケな仕事してるが、プロの傭兵会社の人間相手に」

「そんな事どうでもいい。……大人は子供をいじめるためにいるのではない。大人は子供を守るための者ではないのか？」

男は藤堂の問いに答えず、懐から何かを取り出した。街灯の光を反射するそれはナイフ⁉

「と、藤堂、逃げて!?」

藤堂はあたしに笑いかけた。その笑顔が場違いなのに、見惚れてしまった。

「問題ない」

男がナイフを振るおうとした瞬間、ナイフが飛んで壁に突き刺さった。男は呆然としていた。起きたことを理解できないでいた。

次の瞬間、男が地面に崩れ落ちたのであった。

誰も藤堂の動きを認識できなかった。あたしも男たちも。

藤堂はため息を吐いて辺りを見渡す。そしてあたしと目が合った。

＊＊＊

やりすぎてしまった。俺はいつもそうだ。

暴力は人を萎縮させる。こんな姿を見られたからには西園寺も俺の事を怖がるだろう。

本気は出していない。軽くいなしただけのハズであったが、相手は武器を持っていた。ある程度強い反撃をしないと後が怖い。

中学の頃を思い出す。同級生が繁華街で不良にお金をせびられていた時の事だ。助けに入ったら……、怖がられてしまったんだ。あの時の目が忘れられない。

暴力は人を怖がらせる。だから俺は暴力が嫌いだ。

しかしあの時とは違う。俺は手加減というものを覚えた。誰も死んでいないし大怪我をしていない。しばらくしたら目を覚ますのだろう。

西園寺と目を合わせるのが怖い。

……いや、これは俺の選択だ。もうあの頃の俺ではない。みんなと出会えて成長したのだから。

座り込んでいる西園寺と目を合わせる。意外な表情であった。

「……怖くないのか？」

「べ、別にあなたの事は怖いと思わないわ。そ、その凄く強いのね。強いのは良い事よ」

西園寺は差し出した俺の手を取り立ち上がろうとする。しっかり固定したはずなのに西園寺がよろめき俺の胸に手を置いた。

「す、すごい、これが殿方の筋肉……」

「さ、西園寺、は、離れるのだ。は、恥ずかしいではないか」

「べ、別に下心なんてないわ。そ、その学術的に興味があっただけよ。う、腕の筋肉は……」

「や、止めるんだ。そんな事をしてる場合ではない」

「あっ」

西園寺は我に返り状況を理解したようだ。俺から少しだけ離れ……いや、妙に距離が近い……自分のスマホを胸の隙間から取り出してなにやら操作をしていた。うむ、そんなところに収納があるのか。人間は不思議なものだな。

「あら、あたしの胸に釘付けですわね。やっぱりあなたエッチな人ですわ」

「すまない、エッチという意味がわからない」

「隠さなくていいわよ、あたしにはわかる。そう、なぜなら――、あっ、堂島先輩から電話が……」

「む、堂島か。やはりそっち関係なのか……」

とりあえず俺たちはこの場から離れて駅に向かう事にした。

途中で西園寺は電話を終えて大きくため息を吐いた。エリはすでに事態を察知して処理の準備をしていたようだ。

「はぁ〜〜〜〜〜〜、堂島先輩のおかげでなんとかなりそうでよかったわ……」

「ふむ、攫われそうになった事と関係しているのか？」

「……まああんな危険な目には当分遭わなそうね。堂島先輩が事前に裏で動いてくれたおかげで、あたしは今まで通り芸能界にいられるわ」

「そうか、ならば俺はここで――」

俺はこの場を離れて地下鉄に向かおうとした、が――西園寺が制服の裾をつかんでいた。

「……ま、待ちなさい藤堂。あなたはあたしを家まで送るべきよ。……べ、別に怖いわけじゃないわ。その、いてもいいわよ」

西園寺の身体は少しだけ震えていた。アドレナリンで中和されていた恐怖が消えて無くならなかったのだろう。

「ふむ、ならば送るとしよう」

西園寺の顔が子供みたいにパアッと明るくなった。どうやらわかりやすい感情の持ち主のようだ。嫌いではない。

俺達は電車に揺られて西園寺の住んでいる駅へと向かうのであった。

駅に着いても西園寺の身体はまだ震えていた。

俺は西園寺の肩に手を当ててた。身体的な接触が不安を和らげるような事を花園が言っていた。西園寺は俺の腕を見ながら首を傾げる。

「む？　嫌だったか？」

「いえ、普段なら男の人に触られたら激昂するはずなのに、嫌じゃないのが不思議だわ」

「……むむ？　さっき俺の筋肉を触っていたではないか」

「あ、あれは、き、気になっただけだわ。そ、その、学術的に……、芸能的に……」

そういうものか。きっとそうなのだろう。

「そ、それにしてもあなたとても強いのね。まるで漫画の『忍者』だったわよ。実は陰のエージェントだったり、裏の仕事人だったり、絶対普通じゃないわよね？　……少しエッチだし」

「ふむ、君は漫画の見すぎである。俺はごく普通の学生だ」

「ふーん、隠さなきゃいけないのですね。……ふふん、いいですわ、ここは大人な女性らしく空気を読んであげるわ。あなたが強いのって他に誰か知ってるの？」

「いや、あまり暴力を他の人に見せたくない」

「ふふん、そう、あたしだけなのね」

「何故嬉しそうなのだ？」

「べ、別に嬉しくなんて無いですわよ。あっ、ここがあたしの家よ」

最寄りの駅から歩いて十分、小さい木造住居の前で西園寺は止まった。

「うむ、それでは俺はここで」

「あ……、待ちなさい。す、少しならコーヒーでもごちそうするわ」

その時、玄関の扉が開いた。優しそうで可愛らしい雰囲気の女性が寝巻き姿で出てきたのであった。

何故か西園寺は苦々しい顔に変わる。何かを我慢しているようで、でも大切な存在を傷つけたくないようで……。

「あぁー！　のぞみちゃん、彼氏連れてきてる！　びっくりだよ！　あっ、私はのぞみちゃんの……、うんと、なんだろね？」

西園寺の声色が変わる。

「お母さんよ……。家、入りましょ。藤堂、驚かしてごめんなさい。お母さん、記憶がなくて……少し変わってるのよ」

「記憶がない？　それは……」

「もう、仕方ないでしょ！　ご飯用意しているから入ってね！」

「うん……、藤堂？」

俺はまたしても勝手に身体が動いていた。西園寺のお母さんに近づく。お母さんは不思議そうな顔で俺を見つめている。

「記憶が無くなると時間が飛んだような感覚に陥る」

お母さんの目が少しだけ大きくなった。言葉が止まらない。

「相手は俺の事を知っているのに、俺は相手の事を知らない。それがひどく悲しい事なのに、何も感じない。積み上げてきたものが消えているからだ。人格が変わり別人と成り果てる」

お母さんが頷く。

「そう、高校生だったのがいきなりおばさんになっちゃってショックだったよ。……どれだけ愛情を注いだかもう覚えていないもんね」

「悲しいと思う感情さえも浮かばない。それでも――」

「うん、身体が覚えているんだよね。ねえ、あなたも同じ経験したの、いや、しているの？」

俺は大きく息を吸った。

「――ああ、俺は、何度も記憶を失くしている。その度に大切だった人が誰かわからなくなった」

「……あはは、私は一度だけで懲り懲りなのに、何度も失くしているんだ」

西園寺が俺たちのやり取りに息を呑んでいる。このお母さんという人は俺と同じだ。

お母さんが俺の髪をなでつける。そうか、本物のお母さんとはこんな雰囲気の女性なのか……。

「偉いわね。私は疲れて娘に押し付けて自堕落な生活を送っちゃってるもんね」

「友達のおかげだ。前を向くと決意したんだ」

「そっか……、ねえ、記憶って戻るのかな？」

「不可能ではない。なぜなら俺は大切な人の記憶を取り戻した」

俺はお母さんの手を取った。その手を西園寺の手と重ねる。

「魂が刻みつけている思い出。それを感じるんだ」

お母さんは目を閉じて穏やかな表情になる。そして――

「……ごめんなさい、やっぱりわからないよ。……だってのぞみちゃんは……、あれ？　なにこれ？　私、のぞみちゃんと誠司君と一緒に三人で歩いてる？　あはは、なに、これ……。ジャスコでお買い物してるよ……。知らない、記憶だよ……」

西園寺がお母さんの胸に抱きつく。

「お母さん、ゆっくりでいいから。ね、あたし、ずっと待ってるから、ひぐっ、お母さん、お母さん……」

少しだけ戸惑った表情のお母さん。俺はなぜか心が満足するものがあった。

よくわからない。だが、よくわからないものを学習していけばいいのだ。

「失礼、俺はこれでお暇(いとま)する。おやすみなさい」

お母さんはコクリと頷く。

涙目(なみだめ)の西園寺が振り向く。

「……べ、別に泣いてないわよ。……あなた、今日はありがとう。……本当にありがとう。こ、今度、お礼するわ……」

「うむ」

俺は背中を向けて歩き出した。

明日は何か良い事が起こりそうな予感がする。

そうだ、花園に友達ができそうだと報告しよう。きっと花園も喜ぶだろう。

＊＊＊

中庭のランチタイム。今日は気分を変えてパンを買うのをやめた。焼きそばなるものを作って持ってきた。パック野菜を一緒に炒(いた)めるだけで簡単にできる優れものである。

「波留(はる)ちゃん今日は忙(いそが)しいから来られないんだって」

「うむ、何やら先生と相談があるらしい。少し寂しいが花園が隣にいてくれるから大丈夫だ」

「あんたね……、さらっとそんな事言わないの」

「しかし本当の事だ」

「ま、まあ嬉しいからいいわよ。てか、体育祭、あんたも出るの？　特別クラスは任意参加でしょ？」

そう言えば結局時田先生に相談出来なかった。一応情報を集めた所、体育祭は任意参加である。特別クラスの生徒が一つのグループとして出るためにはある程度の参加人数が必要だ。そのためには参加者一覧を作る必要がある。

まだ俺は他の生徒には聞いていない。これから聞く必要がある。

「他の参加者がいなかったら普通教室のどっかに入ればいいんじゃないの？」

「それでもいいんだろうな。だが、せっかくだから特別教室として参加してみたい」

もう少し自分で道を切り開いてみたいんだ。

「ふーん、めんどいわね。てかさ、あんた特別クラスで波留ちゃん以外に友達できたの？」

「友達か……、少しだけクラスメイトたちと馴染めてきた。他の特別クラスの生徒とも友達になれそうな人ができた」

「ふ、ふーん、それってどんな人？」

「……筋肉が好きな女の子だ」

「ほえ？」

「あそこの校舎の陰に立っている子だ」

校舎の陰からチラチラとこちらを見ているのは西園寺希であった。

西園寺はパンをもぐもぐとかじりながらこちらの様子を窺っている。

俺と目が合うと引っ込んでしまったが、そろりと出てきてこちらに歩み寄る。にわかに周りの生徒がざわめく。

「お、おい、あれって特別クラスの西園寺さんじゃね？　なんでこっちの校舎にいるんだよ!!」

「バカ、写真撮るんじゃねえよ！　学校で盗撮したら退学になるって話だろ。俺達も連帯責任で退学になるんだよ！」

「超可愛い……」

「あれがトップアイドルか……。オーラが違うな」

「特別クラスの芸能クラスって超すごい人でいっぱいだもんね。堂島さんはハリウッドに出るんでしょ」

なるほど、トップアイドルというものがよくわからないが、とても人気があることはわかった。

「あの子の名前は西園寺希だ。昨日、色々あって家まで送った」

「あ、あんたなら何してても有り得そうだけどさ……、なにしてんのよ⁉　あの子超有名人でしょ」

「いや、俺にとっては初対面だ」

西園寺は俺達の前にやってきた。

「あ、あなた、ここいいかしら？　きょ、今日は気分を変えて一般教室の中庭に来たかったのよ。……教室にいないから焦ったわ」

西園寺は狭いベンチに座ろうとする。俺と花園は少し詰める。……狭い。

「あら、あなた凄く可愛いわね。藤堂の友達かしら？」

「え、うん、剛の幼馴染の花園よ……」

「そっ！　なら、これからよろしく頼むわね。仕事が無くて暇だから！　あっ、その、花園さんと連絡先交換していいかしら？」

西園寺が俺の方をチラチラと見ている。何を言いたいんだ？

「え、いきなり⁉　べ、別にいいけど……って、どこからスマホ出してるの⁉　剛は見ちや駄目！」

西園寺は胸の収納からスマホを取り出す。……少し温かそうだ。そして二人は連絡先を交換する。しばしの沈黙の後、西園寺は胸の収納から小さなお菓子袋を出してきた。

それは収納するものなのか？

「きょ、今日は昨日のお礼をしにきたのよ。……手作りクッキーよ、食べるといいわ」

「剛？　ちょっとどういう事？　なんであんた西園寺さんと仲良くなってるのよ！」

「ま、待つのだ、花園にはちゃんと説明する、だから肩を叩くな。さ、西園寺、待つのだ、無理矢理食べさせようとするな。た、田中、助けてくれ」

「波留ちゃんはここにいないわよ！　剛！　あんた説明しなさい！」

「クッキー食べなさい！」

俺は身体を丸めて小さくなってしまった。女性はとても強いものだ。小学校の頃も大人の女性が苦手であった。特に『エリ』の前に立つと緊張して動けなくなる。……いや、あれはただの威圧か。

とにかく俺は花園を落ち着かせて、西園寺からクッキーの包を受け取った。……やはり生温かい。

「ふむ、少し見てくれは悪いがとても美味しそうだ」

「うるさいですわ！」

クッキーをパクリと食べる。……こ、これは……甘くない？

「どう？　美味しい？　味見してないから自信無いのよ」

「……推測ではあるが、多分砂糖を入れ忘れている」

花園の温度が下がったような気がした。

「西園寺さんは剛の事を馬鹿にしてるわけじゃないよね？　冗談だったら怒るからね」

「いや、花園待て」

「え、あ、ごめんなさい……、あたし、料理しないから、お母さんに教わったんだけど、間違えてしまったわ。の、残りはあたしが食べるから、藤堂はお水飲んで」

俺は一口で残りのクッキーを食べる。

「もぐ、もぐ……、うむ、これはこれで食べられないわけではない。西園寺のお礼はこころに届いたぞ」

花園はほっと息を吐く。

「剛が大丈夫ならいいけど……」

西園寺が少しうつむきながら答える。

「……そ、その…あたしって、ほら有名人で……。と、藤堂みたいにあたしの事を全然知らなくて興味が無い人って初めてなのよ。そ、その、全然友達もいないし、どうやって話しかけていいかわからなくて……」

花園の空気感が温かい物へと変わる。

「はぁ……、そっか、あなたも剛と一緒で不器用な子なんだね。ねえ、剛、あんたはどうしたいの？」

「俺か？ 俺は西園寺とたまたま知り合っただけで、その関係性は……」

俺はしばし考える。高速思考ではない。時間をかけてゆっくりと考える。なぜならそれが普通の人だからである。

西園寺は何がしたくてここに来たんだ？ お礼と言っていたが、それはきっかけに過ぎない。前の俺みたいに何も考えないのは駄目だ。

理論だけで行動するな。本能に従え――

「ふむ、なるほど、こうやって友達の輪が広がるのか。西園寺、俺と友達になってくれ」

花園は立ち上がって俺の背中を叩く。痛くない。何故か褒められた気分であった。

西園寺はあたふたしながらも言葉を紡ごうとする。

「え、っと、あの、あたし……その……、友達、に、なりたいですわ」

「西園寺さん、剛と友達なら私とも友達になってね。ふふ、これからよろしくね！」

「あ……、う、うん……、よろしくですわ……」

なにやらいい感じの雰囲気だ。心が満足している。

と、その時校舎から人影が見えた。先程から廊下を歩いている足音でわかっていたが、近づく度に嬉しい気持ちになる。だんだんと足音は小走りとなり、俺達を確認すると、田中が手を振りながら走り出した。

「よーっす！　先生との面談終わったじゃん！　あれれ？　なんで希がここにいるの？」

「あーーっ！　田中波留!?　あ、あなたもまさか藤堂と友達ですの!?」

「うん、一緒のクラスじゃん。ていうか、希ちゃんと話すの超久しぶりだね。今でもツンツンしてるの？」

「別にツンツンしてないですわ！　……今日はここまでにしておくわ！　藤堂、またお家に遊びに来なさいよ！　お母さんも楽しみにしてますわ！」

「うむ、その時はよろしく頼む」

西園寺は顔を真っ赤にしながら口をモゴモゴさせて帰ってしまった。

「家って気になるけど、まあいいことよね」

「うん、藤堂に友達増えるのはいいじゃん。にしし、藤堂、希ちゃんと何があったか教えてよ」

「う、うむ、あれは昨日の事だ――」

良かった、俺の選択肢は間違えていなかったようだ。西園寺に体育祭に出るように頼んでみよう。

第十一話　藤堂剛と幼馴染の花園華のリセット

全てが順調のように見えた。俺はこの学校生活を楽しんでいるのだろう。

田中との記憶を取り戻せた。道場とも笹身とも再び関係を取り戻す事ができた。新しい友達も出来た。クラスメイトたちもとても良い人だ。

……ずっと昔から俺の隣には花園しかいなかった。

トイレの鏡で自分の顔を見つめる。以前よりも険しさが抜けたような気がする。

それでも、俺には何かが足りない。自覚しているのにそれが何か探し出せないでいた。

「華ちゃん、か……」

俺は花園の事を華ちゃんと呼んだ。幼稚園の頃の記憶の断片。俺にとって花園は特別な存在なんだと思える。

しかし、花園にとっても俺が負担であったのかも知れない。

幼稚園の頃の記憶は断片的にしかない。だが、中学の時も高校に入っても花園には迷惑をかけてばかりである。

胸がズキンと痛む。

俺はこの痛みの理由を知っている。俺が花園への感情をリセットしたからだ。感情を消す、記憶を消す、まるで違う自分になってしまったように思える。

だが、少しずつだが二人に対する新しい感情というものが芽生えてきた。

田中との記憶は取り戻せた。リセットで消した感情は不可逆的な存在だ。なぜなら消してしまったからだ。

……本当にそうなのか？　時折俺の胸が高鳴る時がある。それはふわふわしたものでとても温かく感じられる。

だから、このままそれを育めば、再び俺は人を好きになる事ができるだろう。

後ろに気配を感じた。今まで存在していなかった人物が鏡に映し出される。

「藤堂」

「……島藤か。ちゃんと手を洗うんだぞ」

「あ、当たり前だ。……まったくお前の変わりようには調子が狂う」

……そもそも彼の目的は未だにわからない。

無表情の島藤の顔が少し歪んでいるような気がした。俺の隣に移動をして手を洗う。

「藤堂……」

「だからなんのようなのだ」

「……学校って、本来の学校とはこんなにも楽しいものなんだな」

「島藤？」

島藤は懸命に自分の手を洗っていた。まるでこびりついて落ちない何かを落とそうとしているかのように。

「俺はお前の監視役だ。お前に何かする事はない。その仕事を全うしている限り『エリ』から何か言われることはない」

「そうか、前任の監視役はどうした？　隣のクラスの斎藤君がそうであっただろう」

「気がついていたのか……。あいつは別の任務で心を壊して『出荷』送りになった」

「そうか……『出荷』か」

俺たちの間にしばしの沈黙が流れる。

沈黙を破ったのは俺だ。

「俺と島藤は友達であったのか？　断片的な記憶が戻りつつあるんだ」

「……ふん、友達ではない。あのクソッタレな小学校の同級生であっただけだ。お前は最優秀生徒だ。俺とはレベルが違うぞ」

「ふむ、身体能力は同じようなものではないか。しかし、俺は島藤との正確な記憶が無い。これからどんな風に接していけばいいのだ？　友達になるか？」

「俺に友達などいらん」

「笹身がいるではないか」

「……あの人は……特別だ。俺はわからないんだ、戦うだけしか出来ない男だと思っていたんだ」

島藤の視線の先にあるその手は震えていた。

「なあ、俺は怖いんだよ。あの教室で笹身さんに出会えた。自分には感情なんてものはなかったと思っていた。なのに……、苦しいんだ。こんな気持ちは初めてだ。もしも俺の前から笹身さんが消えたら……」

俺たちは人が消えてしまう世界にいた。隣にいた人が次の日いなくなる。それが常識であった……。

「生ぬるい世界『学校』に来てから自分がおかしいんだ。なあ、お前はどうしてそんなに平然としてられる。俺たちはどうせここからいなくなるんだぞ。生きている世界が違うんだ！　いつか笹身さんとお別れをしなければならないんだ……」

まるでいつしかの自分を見ているようであった。島藤は鏡だ。

「そうだな。いつか別れが来る。時間は有限だ」

「ああ、エリ次第だ。わかってるならなんでそんなに冷静なんだ！　俺は、俺は、苦しくて……」

「本当にエリ次第なのか？　……エリには逆らえない。この常識はおかしいのではないか？」

「親がいない俺達の親代わりだ。物理的にも精神的にもそうだろ。頭をいじられているから逆らえないのだろうが！」

島藤の静かな慟哭がトイレに響く。それはわかっている。だが――、俺は変わったんだ。ならばお前が変われないわけがない――

俺は島藤の背中を叩いた。バチンという音が校舎に響く。

軽く叩いただけだ。本気ではない。少し痛い程度だ。

俺は本気の眼光を島藤に向けた。すべての力を集約して――

「貴様、何をする……、ごほっ……」

咳き込む島藤は俺を見て動けなくなった。

「俺には誰も友達がいなかった」

辛い日々はいつしか思い出と変わる。

「隣に花園がいてくれたのは幸いであろう。……苦しい事がたくさんあった。失敗した事も沢山あった。今思えば小さな事であったかも知れない。だが、心が痛みで蝕んでいく。そんな俺はたくさんの素晴らしい人と出会えた。……何度も何度も感情を『リセット』した、記憶を『リセット』した。その度に心が死に向かっている事に気がついた。だが、俺は最後にリセットした時、何かに気がついた。これはリセットから始まった青春だ。だから、俺は足掻く。本気で足掻いて見せる。――島藤、お前も『普通』を目指してみろ。隣には笹身がいるだろ」

俺は眼光の力を弱めた。

「お前にも大切な人ができたんだろ？　それはとても素晴らしい事だ。死ぬ気で青春を送ってみろ」

島藤が自分の胸を掻きむしる。

「……貴様はいつも俺の一歩先を行く。いつか貴様を追い越す」

「ふむ、やはり俺と友達になるか？」

「ふん、それは勘弁だ。俺は俺の道を行く。……藤堂、この礼はいつか返す」

その背中からは覇気が見えた。きっと大丈夫であろう。島藤は——
あのバスの事件から生き残った男だ。

「そうだな、島藤は強い男だからな。殴られてやらないぞ」

背中を向けた島藤が何か呟いたような気がした。

『お兄ちゃん』という言葉が聞こえたが、きっと気の所為だろう。

＊＊＊

「というわけで俺は体育祭に出たいと思っている」

帰りのHRが終わった後、俺は時田先生に相談することにした。もっと早く相談したかったが、ここ最近は色々な事があったからだ。

島藤から聞いた話だと、とある芸能関係の力関係を崩すために『エリ』が動いたと聞いた。

小学校の大人たちは大きな力を持っている。その子供たちも一般人とはかけ離れた力を持つ。

今回の件は俺には関係無いが、気をつけなければならない。

エリは悪人ではない。ただ、純粋に自分の世界を作っているだけだ。少し特殊な性格をしているだけだ。悪人ではないが、行動の結果が悪になりうる。人助けもするが、基準が自分なのだ。正義などない。全ては自分のためだ。結果、行動が善にもなりうる。

……憎めない人ではあるのだがな。

「ちょっと藤堂君聞いてるの？　あなたから質問してきたじゃない！　もう……、あのね、特別クラスの生徒も体育祭に出られるけど、今から申請したらギリギリじゃない」

「俺は時田先生を信じてる」

「ちょ、先生にそんな顔しないの！　はぁ……先生がなんとかして見せるわ！　なにせ私は東鳩大学首席卒業だからね！」

東鳩大学はこの日本で一番学力が高い大学だ。……今の話の流れでは関係ないのではないか？　なんにせよ、

「うむ、頼んだ」

「なんで藤堂くんは敬語使わないのよ！」

「これは失礼……。その、よろしく、お願いします」

なにやら変な感じだ。先生は大人だけれども、子どもと大人の境目にいるような人だ。授業の中身は特筆すべきものがある。高度な内容をわかりやすく教えている。習ったところではあるがまた違った気づきというものを得られる。非常に優秀な先生である。

「他に参加したい人がいたら明日中に教えてね！　この書類に記載してね」

先生は書類を俺に渡すと教室を出ていった。ふむ、やはり優秀な人だ。俺が体育祭に出たいと察知して書類を用意していたのだろう。

俺は去っていく先生の背中に向かってペコリと頭を下げた。

体育祭か。

中学の時は不正を疑われた。あれは悲しい出来事であった。

もしかしたらまた起こりうる事かも知れない。だが、俺は気にしない事にした。友達だけが俺の事をわかってくれればそれでいい。

体育祭は初めてではない。過去の体育祭では俺はいないものとされていた。それはとても寂しくて悲しい事だったんだ。感情を殺しても殺しきれていなかった。だが、諦めて動こうとしなかった俺も悪かったんだ。

放課後、俺は花園が待っている昇降口へと向かった。今日はお祭りの事前準備をしたいらしい。何をすればいいか見当も付かない。

……ふと、俺はとても充実感と幸せというものが湧き上がってきた。

あのリセットの日から色々な事が起きた。感情は取り戻せなくても田中の記憶は取り戻せた。クラスメイトとは良好な関係が出来そうで廊下で出会う西園寺は笑顔で挨拶してくれる。道場と笹身とも再び向き合うことが出来た。

それでも――何かが足りない。忘れている事は沢山ある。だが、一番大切な事を忘れているような気がする。それは何だ？

――花園華。頭にその名前が浮かんだ。

花園華、俺の最初の友達。幼稚園の頃に出会ったが、その記憶はない。再会した時もかろうじて名前を覚えていた程度であった。あげく、ずっと俺を見守ってくれていた花園を、俺は勘違いによって自分の中にあった『淡い好意』をリセットしてしまった。

「華ちゃんか……」

幼稚園の頃の俺は花園に好意を抱いていたのだろうか？

……きっと好きだったんだろうな。なぜなら花園だ。きっと好きになるに決まっている。

まて、俺は田中にも好意を抱いていた。……俺は……清水君と一緒なのではないか⁉

驚愕だ。なんという事実に気がついてしまったんだ。

いや、まて、しかし、好意と愛の違いがまだわからない。

俺は靴を履き替えながらもブツブツと呟く。

花園の気配は昇降口にない、俺は辺りを見渡すと校門の方で花園の人影と気配を察知した。

次の瞬間、俺は固まってしまった――

全身の毛が逆立つ感覚に襲われる――

目覚め始めた本能が危険を告げる。なぜそこに『エリ』がいる。なぜ俺の友達と仲良く話している。

遠目に見える花園は俺に気がついて手を振っていた。そして、メッセージの通知がピロンと鳴る。

『あら、感情的になっちゃ駄目よ。感情は抑える物よ』

今にも駆け出したかった。だが、花園に今の顔を見せたくなかった。エリは悪人ではない。だが、その行動の結果が悪であり善である。一般常識は多少あり、才能を持っている子供でも両親がいるならば手元に揃えようとしない。あそこの小学校にいたのは必ず親がいない可哀想な子供たちであった。

そして、一般人とは極力関わらないようにしているはずだ。

またメッセージが送られる。

『ふふ、良いお友達に恵まれたわね。この子すごいわよ』

心を鎮める。大丈夫だ。俺は昔とは違う。

ゆっくりとエリと花園のところへと歩く。

想定していなかったのか？　常に最悪の事態に備えるのが俺である。だが、慢心はあった。小学校の関係者が俺の友達に接触する事は無い、と。

しかし、考えてみろ。平塚は気配もなく俺に近づく事ができた。ほんの少しだがあっちの匂いを感じていた。

島藤と堂島は小学校関係者だ。隣のクラスの斎藤君は俺の監視者であった。

エリの目的がわからない。そもそもなぜ俺にこだわる。

俺は歩きながらメッセージを送る。

『なぜいつも俺なんだ。エリの目的はなんなのだ？』

『あなたは私の最高傑作よ。色々な事を経験して、人としての枠を超えてほしいの』

『すまない、意味がわからない。俺は普通の』

『普通じゃないって理解してるわよね。あの小学校で普通の児童なんていたかしら？』

『それでも俺は』

『ふふ、あなたを普通の学校に通わせて正解だったわ。成長率が鈍化した小学校高学年、その後普通の人と触れ合う事によって力がどんどん増しているのを観測したわ。もう十分よ、そろそろ友達ごっこはやめましょうか』

『友達ごっこ、だと？　貴様は俺を否定するのか』

『ううん、私はあなたを愛しているわ。一番の理解者よ。……それに私には絶対に反抗できないわよね』

次に送られてきたメッセージと記号を見た瞬間、俺の脳が沸騰しそうになった。

『藤堂剛※※※※※※――期限は高校卒業まで』

あ――、俺は知っている。頭の片隅にそれは常にあった。だが、忘れていた。俺は……、この生活がいつか終わりを迎えると知っていた。覚えていなかった事実を今思い出す。

「……そうか、俺は高校を卒業したらみんなと別れなければいけないのか」

ぎりっという音が脳に響く。どうやら俺が歯を食いしばっているようだ。血の味が口に広がる。

忘れていた記憶をこんなにも簡単に思い出させるのか。

後一年……、まだ一年ある、ならば俺がそこで足掻けば――

エリに悪意はない。ただそこにはエリの欲望があるだけだ。

次のメッセージを見て、俺は本当の絶望を知る。

『私の脳内の計算によると、あなたはここではなく「ロンドン」の私の学校に行けばさらに成長して、進化するわ。だから――、もうこの生活は終わりよ』

いつの間にか、俺たちは顔を見合わせる距離に近づいていた。

「あら、花園さんありがとうね。ふふ、剛は恥ずかしがり屋さんだからお友達になってくれて本当に嬉しいわ。でも、残念なお知らせがあるわ。剛は体育祭明けには海外の学校に転入するのよ」

「え……？　そ、そんな事聞いてないよ」

やめろ、嘘を吐くな、花園を悲しませるな‼

「ねえ、剛、そうでしょ？」

「う、うむ、確かにそうだ」

なぜ俺は否定が出来ない、何故俺はエリの言葉に頷く事しかできない。これではまるで、エリのロボットではないか！

「つ、剛？　ちょ、ちょっと嘘でしょ！　な、なんでそんな大事な事言ってくれなかったのよ、バカ！」

「す、すまない、これには理由が……」

「もういい、私先に帰る！」

花園は怒って歩き去ってしまった。

俺は拳を握りしめる。花園と別れなければならない、みんなと別れなければならない……。

「……そんなの悲しいではないか」

「※※※※、すればいいのよ」

脳に直接響くその言葉が俺の中の何かを刺激した。

「悲しいならリセットすればいいのよ。そうすれば全部忘れられるわ。だってこの世界は嫌な事ばかりだから。あなたは私を救ってくれたのよ、『リセット』の力で悲しみをね。……あなたは他人の感情をも『リセット』できるわ。他の人のあなたに関する感情を消せばみんな悲しくならないわよ」

俺が他人の感情を消せる……。自分自身が知らない力なのにそれを今エリの言葉によって自覚する。俺は化け物ではないか……。

「あなたは忘れているけど、私が実験体。ずっと心の奥底に沈んでいた悲しみを消してくれたのよ。だから本当の事。……記憶までは消せないけどね」

エリは花園の後ろ姿を見つめながらその言葉を吐く。何故だろうか？　少し悲しさが感じられた。

自分の子供は死んだと聞いた。親がいない俺達に注いでいる愛情は本物だ。だが、それとこれとは別の話だ。

言葉がうまく出ない、俺はどうしていいかわからず子供みたいに叫んでしまった。

「────────っ‼‼‼‼‼‼‼‼‼‼‼」

どうにもならない感情を吐き出さなければ壊れてしまう。

俺は、普通の、青春ができないのか？

「死ぬわけじゃない、たかが長い人生の一つに別れよ。大したことないわよ。後日連絡するわ」

大人と子供の価値観の温度差の違い。嫌と言うほど理解できた。

エリは俺の下から去っていく。俺はその場で蹲り、涙を流していた。悲しい涙は嫌なんだ。大した事のない別れが何故こんな辛い気持ちになるのだ？　こんな気持ちは嫌なんだ。

俺は、普通になれると思ったのに、結局はエリから逃れられない。

ふと、温かい何かが手に触れた。

「バカ、あんた何してんのよ。立ちなさい。手伝わないわよ」

見上げるとそこには立ち去ったはずの花園がいた。

「花園……？　なぜここに？」

花園は俺の問いに答えなかった。その目は俺ではない、俺の奥底にいる何かに語りかけているようであった。

「剛、あんたは昔と違う」

「だが、俺は……」

「うだうだうっさいわね！　あんたはロボットでもないし、怪物でもない。あんたは子どもの頃、私を守ってくれた……大切な幼馴染よ。あんな奴の言いなりにならないで。んっ――」

花園は息を吐きながら俺に手を差し伸べる。

俺はその手を掴んで立ち上がる。

「泣くんじゃないわよ、帰りにクレープ食べるわよ。今日は流石に剛のおごりよね？」

「ま、まて、花園、なんでそんなに普通でいられるのだ？　俺は海外に行けと言われて」

「行きたくないんでしょ？　なら、私は今の剛を『信じてる』わ。ならその時まで諦めず普通でいなさいよ」

「信じてる……」

「それよ、体育祭明けならまだ時間があるわ。今度のお祭りは大丈夫でしょ。ほら、さっさと行くわよ！」

「う、うむ」

知らなかった事が多すぎた少年はいなくなったんだ。

感情を消して、感情が希薄になって、記憶さえも消す少年であった俺は、大切な人たちと絆を深めて成長していったんだ。

嘆くな。

喚くな。

壊れるな。

消してしまうな――

「……すまない、少し、このままでいてくれないか？　その、恥ずかしいが、身体が震えて動けないんだ。花園の手が温かくて心地よい」

「あっそ……」

花園は何も言わずに手を握り続けてくれた。

俺はエリに物理的にも精神的にも反抗はできない。それが俺の世界の真理だ。地球が当たり前のように自転しているように、俺にとっての普通じゃない植え付けられた常識。

それでも、抗うんだ。普通を願うんだ。

花園の手の温かみが俺の心を奮い立たせてくれた。

＊＊＊

嘆くな――

日常に非日常を持ち込むな。

俺は先生から渡された書類を手に持って教室に入る。朝のＨＲ前。隣には花園がいる。

このクラスの席には田中だっているんだ。

「うん、あんたの事情は聞かないけど、やるって決めた事はちゃんとやりなさいよ」

「うむ、それが俺の心を平穏を保つための最善であるだろう」

「華ちゃんがこのクラスにくるの珍しいじゃん。てか、それって体育祭の出席届け的なやつでしょ？　へへ、私もでるじゃん！」

走り寄ってきた田中が俺の持っている書類を確認する。

「そうか、それは助かる。みんなで出たいんだ」

「えっと、ここに名前とクラスを書けばいいの。……でもさ、みんな出てくれるかな？　特別クラスって他の事で忙しい生徒ばっかりじゃん」

「うむ、全員に聞いてみよう」

「そうね、それがいいわ」

「え？　ぜ、全員？　ちょ、てか、華ちゃんなんか雰囲気変わったじゃん？」

この体育祭は俺にとって大切なイベントになるだろう。決して最後にするつもりはない。

俺は諦めない。なぜなら花園が俺を『信じてる』からだ。

「ああ、全員だ。手始めに教室のクラスメイトから聞いてみる」

俺はクラスメイトに近づく――

東郷武志と視線が絡み合う。

「あん？　体育祭？　ぶっちゃけ俺は暇だから構わないぜ！　玲香も出るだろ？」

「うん、お兄ちゃんが出るなら私も出る！」

兄から絶対離れない東郷玲香。ほわほわしていて一般常識が欠如しているが、特殊な力を持っている。それは瞬間記憶の類だ。

「よしよし、頑張ろうな！」

東郷武志は変わった男だ。身体から感じる覇気は小学校卒業者と思って遜色ない。だが、俺の記録にもないし、魂から何も感じない。関係者ではないだろう、断定できる。

「ちょっと。私も仲間に入れなさい！」

今日の天童さんはツンツンしている方だ。こちらの方が主人格なのであろう。昔の花園を見ているような気分になる。

「ふむ、天童さんもツンデレというものであるな。東郷君はモテモテである」

「う、うるさいわね！　この学校はツンデレだらけでしょ！」

「あんたうっさいわよ！　私はツンデレじゃないわよ！」

花園も天童さんの声に呼応する……。

「う、うむ、花園はとても素直な女の子だ。む、昔の話だ」

天童さんもいつか素直になれるであろう。

「おう、俺も出るぞ。今度こそお前にリベンジだ。おい日向、変な発明ばっかりしてないでお前も出ろよ」

「……嫌だよ。僕、運動キライだし」

龍ケ崎が日向さんを連れて俺達に近づいてきた。

「藤堂で実験していいぜ」

「……うん、出る。僕、新しいＶＲゲーム機を開発したんだ。異世界転生ゲーム、藤堂にテストプレイして欲しい」

「お前、好きな事だけはよく喋んな〜。藤堂、ゲームだったらいいだろ？　てか、狭間も起きろや」

龍ケ崎さんが日向さんを後ろからはぐしていた。女子同士のスキンシップであろう。龍ケ崎さんは可愛らしいものが好きだから。

「う、うむ、その程度だったら構わない」

……普通なら学生の遊び程度だろうが、日向さんの開発であるか。少し興味が湧く。白衣を来ている博士みたいな小さな女の子、日向杏。実際に恐るべき発明の才能の持ち主である。世界が変わるほどの発明をしても自己完結で済ましてしまう彼女。

……そのうち研究所に身柄を狙われそうだな。

そして、名前を呼ばれた狭間がむくりと起き上がる。

「え？　ぼ、僕？　出たほうがいいの？　役に立たないかも知れないけど頑張るよ～」

ボサボサの髪で自堕落な性格の狭間遊矢。その表情は実年齢にはそぐわない年を重ねた熟練の引退した経験者の匂いを感じる。東郷武志と同レベルの存在だ。

……きっと危険ではないだろうが、恐るべき存在だ。

田中がポツリと呟く。

「てかみんな自由過ぎじゃん。藤堂困ってるから早く書類を書くじゃん！」

龍ケ崎がツッコミを入れる。

「ったく、田中は藤堂の事になるとマジで性格変わるよな。孤高の田中だったのによ――」

「この前言っただろ？　田中、超怖いんだよ。でも、お前の話になると——」

そう言われた瞬間、田中の顔が真っ赤になった。

「うぅ……、し、知らない！　藤堂、他の教室も行くんでしょ？　このクラスの書類は私が準備するから他のクラスに行きなよ。時間ないんでしょ」

田中が背中を押す。花園は俺の手を引きながら教室を出るのであった。

他の特別クラスの生徒に体育祭について聞いてみたが——

「はっ？　体育祭？　そんなもん出ねえよ」

「ガキの遊びじゃねえか」

「仕事が忙しいんだよ」

「お前Eクラスだろ、こっちくんな」

「はぁ、来月は特別教室の試験もあるんだよ。そんな事してる余裕なんてないよ」

「お前頭おかしいのか？」

「孤高の田中？」「孤高の波留ちゃん？」

運動Bクラス、勉強Cクラス、芸術Dクラスの特別教室は参加者０である……。

何かおかしな者を観るような目で見られて終わった。

「剛大丈夫よ。あんたは私以外の人とも友達になれたんだから。だから、諦めないで」

「最低でも10人は集まらないと特別クラスとして参加できない。ふむ、難しいものだな」

個人の参加でも構わなかった。もちろん、教室という単位で出場できれば、個人とは違う何か一体感というものを得られると思ったのだ。それでも体育祭というものの雰囲気を感じ取れればそれで良かった。

「本来なら芸能クラスに行くのって許可がいるのよ。一般生徒が騒ぐと面倒だから」

「む？　そうなのか？　だが、西園寺と花園は友達だ」

「そうね、あんまり気にしないようにするわ」

まだまだ知らない事が多すぎる。だが、少しずつ前に進めばいいんだ。

芸能Aクラスに入ろうとした、その時——

「あら二人ともこんなところで何してるの？　Eクラスの生徒と一般生徒がここにいると面倒だから帰った方がいいですわよ」

西園寺がふわふわの髪をパサァとかき上げる。非常にキューティクルで綺麗な髪だ。ふむ、花園にも負けていない。

「む、西園寺か。いいところで出会った」

「な、なんですの？　あ、あたしに会いに来たのかしら？　そ、それなら」

「うむ、間違っていない。俺達は西園寺に会いに来た。早速本題に入る。西園寺、体育祭に出ないか？」

　西園寺は嬉しそうな顔から一転して、少し嫌そうな顔に変わる。

「……べ、別に勘違いしてないですからね！　勘違いしないで頂戴！」

「やはり駄目か」

　西園寺は指で髪をくるくると弄っている。少し挙動が不審だ。

「別に嫌じゃないですわ。――いいわ、体育祭出るわよ。ちょうど事務所の移籍があるから長期でスケジュールが空いてるのよ。あ、あなたのためじゃないですわ！　体育祭に興味があっただけですわ」

　西園寺は怒ったようにそっぽを向いてしまった。

　これは花園で学習している。本当に怒っているわけではない。ただ照れているだけだ。今の俺にはそれがわかる。

「ふむ、西園寺、ありがとう」

「うん、西園寺さんありがとね。またお昼休み一緒に御飯食べよ」

「別に借りを返しただけですわ。ほ、他のＡクラスの生徒にも聞いてあげるわよ。……その書類を貸して頂戴……このあたしの力でたくさんの生徒で埋めるわよ」

「お、おお。西園寺はすごいな。俺にはそんな力はない」

西園寺は小さく呟いた。俺でなければ聞こえない声量で。

「……バカね、あなたの方がすごいわよ」

＊＊＊

「ええ⁉　Ａクラスの生徒たちが体育祭でるの⁉　……それにうちのクラスも全員出るし、思った以上の人数が出たいんだね」

花園と二人で職員室にいる時田先生に書類を提出したら驚かれた。なにやら誇らしい気分になれた。人とのつながりが大切という事を実感できたからだ。

「うし、先生会議頑張るね。ぶっちゃけ申請期日ギリギリだから嫌がる先生も多いと思うけど……、しゃらくせえっ。大人の私に任せなさい！　また明日報告するね！」

きっと大人とは頼りになる人の事なんだろうな。先生を見ているとこんな風になるのも悪くないと思った。

花園を教室に送るために一般校舎を歩いていると――

「おう、今日も二人一緒じゃねえかよ。てか、陸上部に遊びに来いよ」

五十嵐君との出会いは変な空気感から始まったんだ。それでも今は友達だ。

「あっ、藤堂君、今度の小説は恋愛物だよ。えへへ、今度は藤堂君のオススメの小説読んでみたいな」

佐々木さんは俺の事を誤解していただけであった。あの頃の俺はひどかったからな。

「……藤堂か。笹身、陸上部に戻ってきたぞ。……お前のおかげなんだろ？　……あ、ありがとう」

清水も本当は悪い男ではなかった。環境が彼をそう変えさせただけだ。今はとても幼い顔に見える。彼も慣れない環境で無理をしていたのであろう。

「あっ、先輩！　笹身っす！　今日から陸上部復帰したっす！　えへへ、楽しく走るっす」

笹身は今日も元気だ。まるで本当の妹のような気がしてくる。とても可愛らしい存在だ。

「ふん、そういえば貴様は笹身さんの何なのだ？　……もしや貴様は笹身さんに惚れているのか？　それは……この俺が許さんぞ」

島藤はまだこの感情を理解できないであろう。恋愛の好きという感情以外の好きという感情もあるのだ。

「あっ、藤堂。君は元気かな？　体育祭出るんだってね。私は運動が苦手だから君を応援しているよ。そうだ、体育祭の時は腕によりをかけて和食を持ってきてあげるさ」

道場はスッキリとした表情だ。本来の彼女の魅力が前面に出ている。それはとても素晴らし事だ。

「ここでいいわよ、剛。あんた本当に友達増えたわよね。……頑張んなさいよ」

俺の一番大切な幼馴染の花園華。一緒にいるだけで勇気が湧いてくる。エリの言葉を吹き飛ばしてしまう。

俺にこんなにも沢山の友達や知り合いが増えるとは思わなかった。これも全て花園が隣にいてくれたからだ。普通ではない俺が、普通を感じられる存在。

だから、俺は……。

「ありがとう」

心を込めて感謝を伝えた――

＊＊＊

喚くな――

自分のアパートでポメ吉とコーヒーを飲んでいると平塚からメッセージが入った。

『今までありがと！　藤堂と再会できて超楽しかったよ。またいつか会おうね』

胸がざわつく。まるで別れの挨拶のようであった。加速度的に不安が上昇していく。

ポメ吉は何事にも動じない強い男だ。俺もそう在りたい。

エリによって突然思い出したタイムリミット。そのタイムリミットでさえも無くなってしまった。体育祭明けには俺はみんなと別れなければならない。

以前の俺なら嘆き、喚き、悲しんでいただろう。確かに平塚の事は不安だ。だが、精神が安定している。冷静に物事を見据えられる。

おかしな事に気がついた。あのエリなら体育祭明けまで待つなんて悠長な事はしない。即決断、即行動が原則だ。

あの日に連れて行かれてもおかしくなかった。

なぜだ？

その疑問に答えてくれる人間が現れた。さっきから気配は感じていた。土足ではなくちゃんと靴を脱いでくれたから問題ない。

島藤がアパートに姿を現した。

「これは俺の独り言だ。別に貴様のためなんかじゃない」

「ポメ吉、彼は島藤だ。島藤、ポメ吉だ。挨拶をするんだ」

「……ふん、俺は島藤だ」

「うむ、構わない、続けてくれ」

「平塚すみれがエリと交渉した。自分の才能をエリに売る代わりに貴様を高校卒業までいさせろ、と」

「……平塚が？　なぜ」

「そんな事は俺は知らん。だが、平塚程度の才能だと体育祭までだ、という結論となった。平塚はそれでも満足そうな顔をしていたぞ。何故だ？」

「まて、平塚はどこにいったんだ？　あいつは一般人だ。普通の学生なんだぞ」

「江の島にあるあの小学校だろうな、一応付属で高校もあるからな。ふん、自分からこっち側に来るやつもいるんだ。なんにせよ、俺はその事実を……独り言しているだけだ。それが貴様のアパートというだけだ」

「では平塚は——俺のせいで」

「違う、貴様のために、だ」

　俺のため——

　平塚はごく普通の学生だ。確かに隠しきれない能力は感じていた。エリと交渉ができるほどの能力だと？

　それに平塚は特別クラスに転入することを楽しみにしていたんだ。

「お前は他人の感情をリセットできるとエリから聞いた。……どうするんだ、みんなの感情をリセットするのか？　自分をリセットするのか？」

　みんなの感情を消せば悲しいのは俺一人で済む。それが最善の策である事はわかっている。だが、それは間違っている選択肢だとわかっている。そんなもの善意でもなんでもない。

「ふん、俺は貴様を監視している。……お願いだ。期待させてくれ」

島藤はアパートから出ていった。

俺は目を閉じた。

写真立ての中の俺には知り合いがたくさんいた。もう写真は隠していない。壁に貼り付けてある。

周りには誰もいなかった。独りぼっちだと思っていた小学校。

「花園」

「平塚」「田中」「平塚」「佐々木さん」「五十嵐君」「道場」「笹身」「西園寺」「島藤」「堂島」「東郷」「龍ケ崎」「天童さん」「日向さん」「狭間」……。

俺は自分と関係を築き上げてきた大切な人たちの名前を言葉にする。

言葉を発すると輪郭が伴い形を作る。それが、俺の心を奮い立たせる。

並列思考がいくつにも重なって、未来予測に近い何かを生み出す。

昔の俺には不可能であったことだ。友達もいなく常識がなかった俺には。

幾重にも枝分かれしたルートを何度も何度も何度も何度も何度も何度も再構築する。

そして、夜を越えて朝を迎えた。

＊＊＊

悲しむな――

お祭りの当日。

今日のお祭りを花園に楽しんでもらうだけだ。今はそれしか出来ることはない、いや、それに集中する事が最善だ。俺はそれが一番大事な事だと理解している。理由などいらない。

なぜなら花園との『初デート』だからである。

ポメ吉を写真立ての横に座らせる。壁に貼られた小学校の同級生達を見つめる。いつか俺が向き合わなければいけない人たちなんだ。

心は平穏だ。以前のように取り乱したりしない。

そして、俺は玄関を開けると――

「わぁ!? つ、剛、びっくりしたじゃないの！　あ、開けるなら言いなさいよ！」

浴衣姿の花園、その笑顔が俺の胸を撃ち抜く。……なるほど、やはりそうか。

俺は改めて自覚した。それが何かわからない、なんて事はない。この感情は『淡い好意』

というものではない。

「花園、すごく綺麗だ」

「そ、そう……。あんたがそんな事言えるなんて成長したわね！　てか、私の事なんとも思ってないならそんな事言わないの！」

言葉が勝手に出ていた。浴衣姿の花園はいつもと雰囲気が違った。綺麗にアップした髪と服装がベストマッチしている。

それを見るだけで俺の胸が高鳴る。なんで俺は今までこの感情に気がつけなかったのだ？

きっと経験値が不足していたのであろう。

「ふむ、とにかくお祭りに行こう」

「ん、ゆっくり歩いてちょうだいよ。下駄（げた）慣れてないから」

花園が俺の服の裾（すそ）をちょこんと掴んだ。心臓の鼓動（こどう）が速くなる。田中の時とも質が違う。それがはっきりとわかる。

「問題ない」

「ったく、あんたそんな所は変わってないわよね。てか、とりあえず商店街の屋台行くわよ。阿波（あわ）おどりの時間もあるしね」

俺たちは桜並木を歩き、商店街のお祭りへと向かうのであった。

商店街に近づくと凄まじい人の波が埋め尽くしている。

ここにいるだけでワクワクする空気を感じられる。お祭りとはこんなにも活気があるものなんだな。

中学の時のお祭りは独りぼっちだった。周りを見ている余裕がなかった。寂しいという感情が俺を支配して、お金を握りしめるだけで何も買えなかった。

「すごい人だ」

「そうよ、お祭りは屋台がメインよ。片っ端から食べ尽くすわよ！」

「う、うむ、俺はどうしていいかわからないから花園に任せる」

「ていうか、あんたとこんな風に二人っきりって久しぶりじゃない？　剛なんか色々忙しそうだったしね」

「そうだな、最近は色々な事があった。……だが、常に花園がそばで見守ってくれたような気がした」

あまり深く考えていなかったが、俺は悩む度に花園の事を考えていた。花園がいつもそばにいてくれているような気がしたんだ。

だから、俺は行動できた。

「は、恥ずかしい事言うんじゃないわよ、バカ！　というか、あんた波留ちゃんとのデートやっと思い出したのね」

「な、に？　花園は俺が記憶を忘れていた事に気がついていたのか？」

驚愕だ。言えなかった事柄ではあるが……。

「当たり前よ！　あんたはどれだけ私と一緒にいたと思ってるのよ」

「すまない、改めて今日の花園との初デートを楽しもう」

「へ？　初デート？」

「ああ、デートだ。気になる人と時間を決めて待ち合わせをして一緒に出かける……デートだ。前回はただの予行練習であっただろ？」

俺はデートという言葉を強調した。これはデートだ。特別なんだ。ただのお出かけではない。

「そ、そうね、な、なら、私の事ちゃんとエスコートしなさいよ！」

「うむ、善処する」

「なんでここは前みたいなのよ！」

……これが照れ隠しというものか。なるほど、恥ずかしいものなんだな。そんな事を気づかせてくれたのは花園、お前なんだ。

俺は花園の手を取った。人が多い、迷子になる、そんな理由ではない。

「しっかりと握るのだ。離れるな」

「あ、あんた、まあいいわ。人多いしね」

ただ花園を離したくなかっただけだ。


不思議な感覚であった。

「あっちにりんご飴あるわよ！」

「ま、待つのだ花園⁉ 少し食べ過ぎではないか？ このままだとメインのたこ焼きが食べられなくなるぞ」

まるで時間が止まったような感覚だ。この花園との二人だけの世界が続くような気がしたんだ。

「このくらい大丈夫よ、食べきれなかったら持って帰るわ。あっ、射的があるわよ。剛、あれ取りなさい」

俺が中学の頃に出来なかった屋台か……。非常に興味があった。あの台座に座っている人形はこんなちっぽけな銃で取れるのか？

「と、取れないかな？」

花園は上目遣いで俺を見つめてきた。

「ふむ、そんな顔をされたら取らないわけにはいかないな」

俺は銃にコルクを詰めて左手で構える。そして――

「へへ、剛ありがと。あのパンダのぬいぐるみ可愛かったんだよね」

なんてことはない、少しイカサマを使った。銃では不可能であったから、見えないようにもう片方の手でコルクを全力で弾いただけだ。ぬいぐるみが空高く吹き飛んだ時の店主の顔がとても面白かった。

花園はパンダのぬいぐるみをカバンに入れて俺に向き直る。そして――

「ん」

「う、うむ」

手を再び差し伸べてくれた。手を繋ぐのがこんなにも心地よい行為だとは俺は知らなかった。

俺達はそのまま神楽坂上を練り歩く。通り過ぎる人々の顔には笑顔が見える。それはとても素晴らしい事だ。普通という幸せ、俺がどんなに望んでも手に入れられないもの。

だが――

「もうすぐ神社に着くよ。先にお参りするわよ！」

「ああ、そうだな……」

今だけは忘れられる。日常というものを感じられる。隣には花園がいてくれる。ならそれでいいではないか。

たどり着いた先は小綺麗な神社であった。そこでも沢山の屋台がある。

俺達はお参りする事にした。

お賽銭を静かに入れて手を合わせる。……願いを叶えるというよりは言い聞かせるという行為に近いんだろうな。

お参りというものをした事が無かった。誰かに願い事をしてそれが叶うとは思わなかった。なぜなら現実はとても辛く非情なものだと理解しているからだ。

だが、今日は違った。

何かに願いを告げる。その行為自体が心を豊かにさせるという事に繋がると思った。

手を合わせるために俺と花園は繋いだ手を離す。

俺の願い――

それは――、普通になる事だと思っていた、だが、心に浮かんだものは違った。

――花園の笑顔を見たい。

それだけであった。心がふわりと軽くなった気がした。

合わせた手を離し、隣の花園を見つめる。真剣(しんけん)に何かを願っている。それが何か俺にはわからない。目を開けた花園は俺の視線に気がついて微笑(ほほえ)んだ。

「何見てんのよ。次行くわよ」

――ふむ、本当に願いは叶うではないか。

俺は神様に心の中でお礼を言って神社を後にするのであった。

「花火もやってればいいのにね〜」

「うむ、都心ではそれは難しいだろう。俺は以前いた場所で花火というものを見た事がある」

俺がいた小学校の数少ない良い思い出だ。海沿いにあった小学校から花火が見えたのだ。大きな音に驚いた。ただの化学反応の火花の何が良いのかその時の俺にはわからなかった。

だが、今思うとあれはとても楽しくて綺麗なものであったんだ。きっとその人の感情によって見え方が違うんだろうな。

「夏になったらどこでも花火大会してるからその時行けばいいよ。ていうか、絶対行くわよ」

「ああ、やくそ、く……だ」

少し返答に困ってしまう。駄目だ、今日はあの事は忘れるんだ。花園に楽しんでもらう事だけを考えるんだ。

そうでないと――

隣を歩いていた花園がひょいっと俺の前に移動した。

「へへ、約束だよ」

小指を俺の顔に突きつける。俺はこれを知っている。身体が自動的に動く。花園の指に俺の指を絡ませた。約束……。約束は破ってはいけない。頭の中で感情と共にその言葉が浮かぶ。

「嘘ついたら承知しないからね！　ふぅ……、ちょっと疲れちゃったね」

心臓のバクバクが止まらない。この感情は今の俺でさえ扱えきれないものだ。あの日、リセットした『淡い好意』というものは……本当に淡いものであったんだ。

しかし、おかしな事だ。俺は確かに花園は素晴らしい女の子だと知っていた。それに、リセットしてからもこんな俺と一緒にいてくれた。

なのに、この感情は、違う。その間に育まれたものではない。決して一ヶ月程度で育つ感情ではない。

ずっとずっと、育んできた感情だと思えるのだ。

俺は立ち止まってしまった。神楽坂の裏道。子供たちが走り抜ける。お祭りの囃子(はやし)の音が小さく聞こえてくる。喧騒(けんそう)が心地よいと思えた。

浴衣姿の花園がとても美しくて、俺はどうしていいかわからなくなってしまった。

何度も何度も悲しませた。それでも、俺と一緒にいてくれた。

田中の事が好きになった。花園はそんな俺を応援してくれた。

「花園、俺は……」

「ううん、剛、それは違うよ。同情に近いと思うよ。あんたは波留ちゃんと幸せになりなさいよ」

何故(なぜ)花園は俺が普通の生活をしていられるという前提で話す。何故そこまで俺の事を信じている。

確かに田中の記憶は取り戻した。リセットした感情は新たな感情へと育まれた。それは以前の感情を越えていると言ってもいいだろう。

だが、花園に対する感情は一体何なんだ？

いや、そもそも感情というものは一体何なんだ？　それを『リセット』出来る俺は……、悲しい存在ではないか。

嘆（なげ）くな——

怯（ひる）むな——

悲しむな——

「もちろん田中は大切な人だ。だが、花園は俺にとって——」

「剛、あっちの白銀公園に行こっか」

俺はコクリと頷（うなず）いた。何かの終わりの予感がする。

ベンチに座ると、さっきまでとはうって変わり沈黙（ちんもく）が広がる。

俺の中の選択肢は少ないと思っていた。

エリの言う事を聞いて海外に行く。自分の感情をリセットして精神を安定させる。他の人を悲しませないためにリセットする。

エリの物理的な決定には逆らえない。

それしか出来ないと思っていた。

『──消してしまうな』

俺の心の中の声が叫んでいた──

花園は俺に笑顔を向けて──む？　その手は一体？　何故構えている。その速度は、まて、何故だ!?　──俺のほっぺたをバチンと引っ叩いたのであった。とても、痛い。なぜ俺を叩いた？

「あんた『また』私をリセットしようとしたら許さないんだからね！　ていうか、何度リセットされても絶対思い出してやるもん！　あんたがロンドンに行っても一生追いかけてやるから！　そんな顔してんじゃないわよ！　諦めてんじゃないわよ！　もう二度と好きになってあげないわよ！」

その瞬間、俺は花園との思い出が脳裏によぎった。

＊＊＊

『あんたも私の事ブスでデブっていじめるの？』

『ううん、華ちゃんは大切な人だよ。僕が守るよ』

『ああ、もう剛、うざいわよ』

『華ちゃんが大好き。結婚(けっこん)したい』

『ふ、ふん、私は全然好きじゃないわよ』

『ていうか、あんた私にまとわり付かないでよ。いじめられるでしょ？』

『華ちゃん、大丈夫(だいじょうぶ)？』

『う、うん、あんたこそ大丈夫？　その、怪我(けが)はない？』

『へへ、いつか華ちゃんと結婚したいな』

『ふーん、べ、別にいいわよ。これは契約(けいやく)よ。あんた私を幸せにしなさいよ』

『うん！　華ちゃんの事幸せにするね』

『なんで、いなくなるのよ！　なんで……、なんで』

『嫌(いや)な事は消しちゃえばいいんだ。華ちゃん、ごめん……。悲しませないね』

＊＊＊

右頬の次は左頬に衝撃が来た。スナップの利いた平手打ちは小気味よい音を立てる。なるほど、俺は幼稚園の頃、花園の感情を『リセット』させたのだ。人の感情を操作するなんて……俺はとんでもない事をしたんだな。

花園の目が燃え上がるような覇気を灯していた。怒っている。なのにひどく美しく感じられた。

「あんたはね！　私のね！　大好きで、大好きで大好きでたまらないあんたの幼馴染なのよぉ!!!!　だからぁ、何度リセットされてもあんたの事思い出すわよ、このバカ！　ほら、リセットしてみなさいよ。今は忘れたとしてもあの時みたいに何年かかっても絶対思い出してやるんだから！　ほら、ほら！」

そうか、花園は俺のリセットを壊したんだな。それはとてもすごい事だ。俺が本気で向き合って、田中の記憶をどうにか取り戻しただけなのに。

胸をぽかぽか叩かれているのに嫌な気がしない。心がほわほわしている。俺は花園から初めて大好きという言葉を聞けて嬉しいんだ。

「あの時と雰囲気が一緒なのよ！　あんた消えようとしていたんでしょ？　みんなにリセットしようとしたんでしょ？　みんなが苦しまないように……、みんなに忘れてもらおうとしたんでしょ……」

いや、俺はその選択肢を選ぶつもりはなかった。だが、今は言葉は必要ない。

「藤堂剛、そんな事絶対させないわよ!!　てか、海外って何よ？　そんなところに行くのは私の許可が必要よ、だって幼馴染だもん！　あんな変なおばちゃんの言う事なんて反抗すればいいのよ！」

俺は花園を強く強く抱きしめた。いつもいつも俺のために自分を犠牲にしてくれたんだ。ならば、花園を二度と悲しませない。

「ふえ……？　な、なんで……」

並列思考のすべての未来予測が崩れる。

『幼馴染』という存在によって。

「花園」

悲しい結末なんて俺たちには必要ない。

「全く、花園は早とちりだ。俺は誰もリセットするつもりはない」

「で、でも……、あんた、いなくなっちゃう……」

限界を超えるだけがリセットだと思っていた。必要の無いものを消せるのがリセットだと思っていた。

何度でもやり直せばいい。何度でも話し合えばいい。何度でも人と向き合えばいい。

それがリセットなんだ。きっとエリとだって話し合える。

「花園、これは淡い好意ではない。きっと……、『愛』という感情なんだろうな」

何度リセットしても無くならない、何度でも思い出す感情。俺はそれを今自覚した。

心の奥底からあの激情が戻ってきて——

それでも田中の時とは違う、いや、あのリセットが全ての始まりだ。あれがなければ俺は人間らしい感情なんて抱けなかった。

激情が更に燃え上がる。俺の身体を熱くする。花園は俺の身体の異変に気がついた。

心配そうな瞳で俺を見上げる。

「あんた、何すんのよ……？」

俺は立ち上がり空を見上げる。

俺は何度も何度も嫌な事をリセットした、何度も何度も記憶を消して限界をリセットした。

ならばそれらは俺の糧であろう。

感情というものに力があるならば、それを取り戻せばいい——

「俺は自分自身をリセットする——」

俺がまだ小学校に行っていない状態、全てのリセットした感情と記憶をリセットする。

エリの呪縛を全て消すんだ。エリに反抗するのだ。……小さな子供が親に反抗するように。

田中との記憶だけでは俺ではない。全てを思い出してこそ、そこに俺が存在する。

「そ、それって出来るの？」

「違う、やるんだ」

思えばエリは俺に反抗してほしかったのかも知れない。

それがあいつの計画の思惑だとしても、きっと俺に何かを打ち破って欲しかったんだ。

「リセットした全ての記憶と感情を取り戻す」

リセットした事実をリセットする。本来あるべき感情を取り戻す。

——全ての記憶と感情を取り戻し、俺は本来の自分と向きあう。これが、俺の選択だ。

あの小学校の呪縛に囚われた俺を解放する。その瞬間、激情が力へと変わる。

「剛？　目の色が……？」

隣にいるだけで湧き上がる抑えられない感情、それは恋心だ。俺は花園に笑ってほしい。

そのためならば――


並列思考が頭の中で展開される。数々のリセットした過去が並び立つ。

「――リセット」

リセットした事象をリセットする度に心に負の感情が襲いかかる。本来ならそれを受け止めるべきであった。

身体が悲鳴を上げるならば限界を超えろ。

「――リセット」

悲しい記憶には悲しいだけではない、大事な記憶も存在しているのだ。

花園との別れは辛かった、だが、積み上げてきた思い出まで捨て去っては駄目だ。

「――リセット」

友達との別れは辛い。リセットをすれば嫌な気持ちは無くなって軽くなる。

それは成長するために必要なものであったんだ。消してはいけなかったんだ。

「――リセット」

大事な人が目の前からいなくなった。助けたと思った少女は深い傷を負った。悲しみに耐えきれない弱かった俺はリセットした。それは俺の後悔だ。後悔をリセットしては駄目だ。

なら、今度は救えばいい。世界中どこへでも飛んでいけばいい。

「――リセット」

何度も何度もリセットして感情というものを失くしておかしくなったんだ。他人の喜怒哀楽がわからなくなった。それでも――、俺には大切な人たちができたんだ。

「――リセット」

信じなければいけなかった。人間は照れ隠しで発言を間違う。そんなものさえも全て受け入れれば良かったんだ。今度はリセットなんかせずに人と向かい合え。

「――リセット」

田中への愛情、すごく温かい、俺はこれを消してしまったんだ。知らず知らずのうちに感情というものが成長していく。二度とリセットしてたまるものか。

「リセット、リセット、リセット、リセット――」

魂を縛っている鎖、エリの呪縛である洗脳、抗うと心が壊れるものであった。だが、その鎖はなんとももろく儚いものだ。きっとエリはこれを壊して欲しかったのだ。人間の可能性を見出して欲しかったのだ。鎖を触ると、エリの、人間の矛盾と悲しさが砂のように崩れ落ちる。

「リセット、リセット、リセット、リセット、リセット、リセット──」

膨大な負の感情と記憶が俺を身体を物理的に侵食する。それは、大事なものと表裏一体なんだ。

抗うんじゃない、受け止めるんだ。

頭の中でガラスが割れた音が何度も響く。

過去の消した記憶、その都度変わる人格、その全ての感情が──藤堂剛──として統合される。

「スイッチ」

そうか、これは俺を変えるための意志の力だったのか──

リセットしても変えられないものが一つだけあった。何度も何度もリセットしても――

それは魂に深く刻まれた。

『愛情』が俺のリセットを変質させ、スイッチへと進化させた。

そして俺の頭がはっきりとした輪郭を持つ。


「だから、華ちゃん、俺は二度と君を離さない」


眼の前にいる少女を認識する。俺の言葉に感情が伴う。

ずっとずっと忘れていた少女。俺の家の隣に住んでいる花園華。

俺の小学校まで乗り込んできたすごい少女だ。どんな些細な事も思い出せそうだ。幼稚園の花園がした事、中学の花園の言動。

景色の色が変わる。はっきりと映し出されるその色は――今までとは全く違うものとなる。世界は、なんと綺麗なものなんだろうか？　そして、隣にいる花園が……とても美しくて……何かが込み上げて来た。


「バカッ！　心配かけるんじゃないわよ！　あんたが、あんたが、あんたが……壊れるかと……」

俺は泣いている花園を再び抱きしめた。この涙は知っている。悲しい涙じゃない。とても清々しい涙なのだ。

「流石に、感情が溢れすぎて……今は、苦しくなってきた」

「ちょ、あんた、倒れるの？　私一人じゃ連れてけないでしょ⁉」

「安心しろ。すぐそこに島藤がいるのであろう。問題ない」

と、その時俺のスマホが震えた。スマホを取り出し俺と花園は画面を見る。

『私の命令に逆らったらどうなるかわかっているわよね？　ロンドン、行くわよ』

俺は空に向けて叫んだ――

「エリ、俺は海外になど行かない！」

身体に異常が発生しない。痛みが伴わない。感じられるのはエリの悲しさだけだ。

少しの間を置いて大量のメッセージが飛んできた。

「うむ……これは……」

「あはは、なんか剛の事を心配してるだけのおばさんみたい」

「そ、そうだな」

悪い内容のメッセージは無かった。それは全て俺を心配しての人生の助言であった。

ふむ、なんとも判断付きづらい。エリは俺の事を……本当の子供のように心配しているだけであるのだな。

「ていうか、あんた私に抱きついたままなんだけど……。ちょ、離れなさいよ！」

「う、うむ、これは確かに恥ずかしいな」

花園は俺から離れた。そして再び俺の手を取り――

「剛、何度リセットされても諦めないって言ったでしょ」

何故か遠くの方で花火が上がっていた。きっとそれはエリが祝ってくれているのかも知れない。

俺と花園は二人で手を繋ぎながら花火に見入る。言葉は必要ない。
花火の光に照らされている花園は……とても美しかった。
感情が爆発しそうであった。
涙が溢れていた。
泣き崩れそうになるのを堪えていた――
悲しい涙じゃない。
それはとても、温かい涙であった。

（完）

「ちーすっ！　今日から一緒のクラスメイトになる平塚すみれです！　よろしくね！　アタタタ……。藤堂もう少し優しくするっしょ」

俺と平塚はボロボロの身体で教室に入る。

手続き上は今日から平塚が転入という形になっているはずだ。

俺の肩に支えられている平塚は自分では歩けないほど衰弱している。それでもこの教室に向かいたかったのだ。

「ちょ、ちょ、ちょっと、藤堂君、それに転入生の平塚さん！　なんでそんなにボロボロなのよ！　早く保健室に行ってよ！　東郷君、手伝ってあげて」

先生が言う前に田中は俺に抱きついてきた。

「藤堂、心配したじゃん！　てか、華ちゃんに色々聞いたよ。……うん、こっからが本当の勝負だよ！　闘志メラメラじゃん！　てか、その前に保健室行こ！」

「た、田中、そ、その恥ずかしいではないか」

田中と東郷君が俺を支えて運ぶ。

「うわぁー、よく生きてんな……。どんな奴と戦ったんだっての」

「二個小隊だ」

「……うん、聞かなかった事にしねえとな」

「何でもいいじゃん！　早く保健室行くじゃん！」

「あはは、もう、眠さ限界……」

＊＊＊

私、平塚すみれは小田急に乗っていた。

東京から電車に揺られて一時間強、神奈川県で一番有名な海辺の街、江の島。

ここには『エリ』と呼ばれている女性が運営している施設がある。

私はこれからそこで数ヶ月過ごす事になる。

小田急から降りた私は潮の匂いを感じた。

楽しい気分なんて何もない。これから私に何が待ち受けているのか知らない。

でも、いいんだ。藤堂に恩返しすることができた。

ほんのちょっとの時間だけど、藤堂ならきっと素敵な思い出が作れると思うし、状況を打開してくれると思う。

……でも、エリ相手だと厳しいのかな。

エリは言っていた。

藤堂は私に逆らうことは絶対ないって。それは傲慢とかではなく、常識として捉えている。頭の中にそういう装置を入れたとかなんとか……。

「はぁ……、あーしもリセットできればよかったっしょ。そうすれば嫌な事全部忘れられるのに」

リセットはできないけど、私は強い心でいよう。

……妙な気配を感じる。改札の外からだ。

確か、迎えの人が改札で待ってるって聞いていたけど――

改札をでるとそこには……藤堂が立っていた。

駅の明かりに照らされる藤堂。

なんだか別人みたいな顔をしていた。瞬間、胸が跳ね上がりそうになった。

「な、なんで、ここにいるの？」

地面には気絶しているハゲのおじさん……、確か島藤君の同僚じゃないかな。

ハゲのおじさんだけじゃない。あのチャラい隊員さんも倒れている。瞬間把握を発動すると、分隊の人数が気絶していたのであった。

藤堂は私に微笑みかけてくれた

「帰ろう。ここは平塚の居場所じゃない。この契約書は破棄だ」

エリと交わした契約書。藤堂はそれを破ってポッケにしまった。

感情を殺せたと思っていた。

どんな事でも耐えられると思っていた。

私は子供のように泣きじゃくって、藤堂の手に引かれて歩く。

なのに、なのに――

後ろから島藤の声が聞こえた。

「……藤堂、貴様はなんて事をしてくれたんだ、俺の部下を倒したな？　アイツラは後で再訓練だ」

「おお、これは島藤。お兄ちゃんが少し遊んであげよう」

「……ふんっ！　遊ぶだと、俺もこれだけが得意な事だからな。……エリの指示だ。大人しくそいつをこちらに渡せ」

なんでだろう、島藤の声が嬉しそうに聞こえたのは？

その島藤の後ろから人影がどんどんと増える。その数は……二個小隊⁉

「ふむ、あいつは脳筋と呼ばれる類だが、本来なら指揮で力を発揮する男だ。こと戦闘に関しての頭脳とセンスはずば抜けている」

「ど、どうするの？」

「問題ない」

藤堂ははっきりとそう言いきった。

「――泣いている女の子がいたら放っておけない。平塚すみれ、全部俺に任せろ」

そして、私達の夜が再び始まった――

幼馴染に陰で都合の良い男呼ばわりされた俺は、好意をリセットして普通に青春を送りたい 2

2024年4月1日　初版発行

著者——野良うさぎ

発行者—松下大介
発行所—株式会社ホビージャパン

〒151-0053
東京都渋谷区代々木2-15-8
電話　03(5304)7604（編集）
　　　03(5304)9112（営業）

印刷所——大日本印刷株式会社

装丁——AFTERGLOW／株式会社エストール

Printed in Japan

ISBN978-4-7986-3505-7　C0193

ファンレター、作品のご感想お待ちしております

〒151－0053　東京都渋谷区代々木2－15－8
(株)ホビージャパン HJ文庫編集部 気付
野良うさぎ 先生／ Re岳 先生

アンケートはWeb上にて受け付けております

https://questant.jp/q/hjbunko

- 一部対応していない端末があります。
- サイトへのアクセスにかかる通信費はご負担ください。
- 中学生以下の方は、保護者の了承を得てからご回答ください。
- ご回答頂けた方の中から抽選で毎月10名様に、HJ文庫オリジナルグッズをお贈りいたします。